秘仏の扉

永井紗耶子

文藝春秋

秘仏の扉

目次

光の在処《ありか》

薄暗い堂内に置かれたそれは、辺りの闇を集めたように黒い。目を凝らせば金の金具などで装飾された扉を持つ厨子《ずし》だということが分かる。しかし、堂の外から覗き見る限り、それが尊いものか否か、小川一眞《おがわかずまさ》には分からなかった。

「さてと……」

今はただ、己の仕事を粛々とするだけだ。

一眞はそう思いながらふと空を見上げる。

明治二十一年、六月。

奈良の法隆寺夢殿《ゆめどの》の上には、やや雲がかかっているが、ほどよく薄日は射している。

「悪くない」

一眞は持ってきた木製の蛇腹折り畳み式の乾板カメラを手にした。愈々《いよいよ》、夢殿の中へと足を踏み入れようとしたその時である。

「写真……とおっしゃいましたか」

境内に響く声で一人の若い僧侶が声を上げた。

「ええ、記録のために」

そう答えているのは、口ひげを蓄えた和装の男、岡倉覚三《おかくらかくぞう》という。東京美術学校の幹事であり、今回の宝物調査の責任者の一人である。対する若い僧侶は、顔を青くしたり赤くしたりして、わなわなと震えている。

「貴方がたは、先にもこの厨子を無遠慮に開け、そして今また、写真などと」

前時代の人というのはこれだから困る。未だに写真を撮ったら魂を抜かれるとでも思っているのだろうか。

まあ、無理もない。

つい先だってまで、この厨子に納められた仏像は秘仏であった。創られたのは千年以上も前で、鎌倉時代以降はほとんど人目に晒されたことがなかった……と、言われている。

「ほとんど」というのは、これまで内々に開いたことはあるらしい。ただ、その時に落雷があって人が死んだとか、建物が燃えたなどと実《まこと》しやかに囁かれているとか。

しかし二年前、ここにいる岡倉覚三と、御雇外国人のフェノロサが住職を説得の末に開けさせたと言う。その時も法隆寺とはひと悶着あったらしい。この様子を見ると、決して歓迎されたものではなかったことが分かる。

「宝が宝であると示すためには、まず、その素晴らしさが分かる者が直に見なければ」

というのが、岡倉覚三らの言い分である。

次いで今回の「近畿宝物調査」だ。その目的は、京都、奈良、大阪、和歌山、滋賀の各府県で、古社寺に残された宝物を巡り、記録調査するためだという。一眞はその宝物を記録する写真を撮るべく同行していた。

早いところ、撮影の準備をしたいのだが……

そう思いつつ、この場に揃った面々をぐるりと見回す。

今回の旅を統括するのは、宮内省図書頭《ずしよのかみ》であり、臨時全国宝物取調局の委員長でもある三十五歳の偉丈夫、九鬼隆一《くきりゆういち》。その隣にいるのは、取調局の委員であるアーネスト・フェノロサと友人の外国人資産家ビゲロー。更にはこの仏像を一目見たいとやって来た彫刻家の加納鉄哉《かのうてつさい》をはじめ、画家や彫刻家、そして内閣官報局や社寺局の役人、東京と近畿の新聞記者などなど……ざっと十余人。

期待に満ちた顔をしている彼らを眺めてから、再び夢殿に目をやると、ふと、隣に立った九鬼隆一が苦笑する。

「まあ、開けたくない、見せたくないという想いも分からなくはありませんけどね」

「そういうものですか」

一眞が首を傾げると、九鬼は苦笑する。

「小川さんは、そうは思いませんか」

「まあ……落雷はあるまいとは思いますよ」

一眞は晴天を指さして見せる。すると九鬼はそうですね、と言いつつ口を開く。

「ここに在るのは、聖徳太子が重用した止利《とり》仏師の作です。私とてこの仏像、夢殿の救世《ぐぜ》観音像を見たいという想いもあります。しかし、その価値を高めているのは、敬虔な信心ばかりではなく、届かぬものへの憧憬でもあると……」

「秘仏は秘仏のままがいいとおっしゃるのですか」

「しかしそれでは、守ることすらできないので」

そう言ってから、九鬼は真っ直ぐに夢殿の方へと目をやる。その眼差しには厳しさもあり、熱もある。

一眞はその横顔を見てから、やれやれ、と肩を竦《すく》める。

ここに居合わせた者たちは皆、並々ならぬ情熱をもっている。この夢殿救世観音像を守るために。その方法は「開く」「閉じる」と真逆ではあるが、想いは一つなのだろう。

一眞はもう一つ先へ進みたい。「遺す」ための写真を撮りたいのだ。しかしそのためには、覚三と僧侶が揉めている只中に、さらなる火種を放り込まねばならない。

一眞は一つ大きく息をして、覚三の傍らに大股で歩み寄る。

「すみませんが、厨子を夢殿の外に出せませんか」

その時の僧侶の顔は、正に筆舌に尽くしがたい。呆気にとられ、次いで怒り、しまいには嘆きの顔へと瞬く間に変化した。

「何を言うてますのや」

それは既に、叫びに近かった。

「堂内ではいい写真が撮れるかどうか……。何せ、光がないので」

ただの真っ暗な闇だけを写して帰ることになる。

「あり得ません。厨子を開けるだけでも大事やていうのに、それを運び出すやなんて」

その様子を見ていた岡倉覚三は、それは困りましたなあ、と他人事のように言い、暫《しば》し腕組みをした後に一眞に向き直る。

「小川さん、堂内で何とかなりませんかな」

開明派であると思っていた覚三までも、そちらに転ぶのか、と、思いもしたが、ここで意地を張っても仕方ない。今回の仕事は、お上からの依頼ということもあって引き受けたのだが、これで多少写りが悪くとも、文句を言われる筋合いはない。

「まあ……やってみますけどね」

その時、ざっという足音と共に、一眞の後方から一人の僧侶が姿を現した。大僧正のみに許される緋色の衣に袈裟をかけた老年の僧侶は、静かな面持ちでゆっくりと一行に近づいていく。

「住職」

居合わせた寺僧たちが、一斉に背筋を伸ばし、その大僧正に向かって合掌して頭を下げる。

大僧正、千早定朝《ちはやじょうちょう》は、この年、六十六歳。法隆寺の住職で法相宗《ほっそう》の管長であった。

定朝はゆっくりと首を巡らせて一行を見渡す。さほど大柄ではない定朝の登場によって、先ほどまでの高揚した様子は一変し、辺りの空気が重くなったように感じた。

さすがの一眞も定朝の纏《まと》う威厳を前に、やや息をのむ。定朝はゆっくりと口を開いた。

「皆さまも、遠路、ようこそ」

合掌して一礼する。声音は深く、落ち着いている。居合わせた二十人余りは、大僧正の所作に倣って合掌して頭を下げた。

年若い寺僧が定朝に駆け寄った。

「住職……その……」

言いよどみながら見やる視線の先には、一眞がいた。恐らくは撮影についてのことを相談されているのだろう。

暫《しば》し黙って若い僧の話を聞いていた定朝は、やがて泰然と微笑んで頷いた。若い僧は、渋々と言った様子で一眞の元に歩み寄る。

「どうぞ」

一眞はその言葉に頷きつつ、定朝に会釈をした。そして、石段を登り、夢殿の中へ一歩足を踏み入れた。

堂の中には、そこだけしんと静まり返ったような張りつめた空気がある。そして、その中には辺りの闇を集めたような黒い厨子がある。祟《たた》る……などということを信じているわけではない。文明開化の時代に、下らぬ迷信に振り回されては時代の先駆けである写真師の名折れというもの。

この中に安置されている仏像を撮影する。ただそれだけの容易《たやす》いことなのだ。

「光は……何処から来るだろう」

一眞はそう呟きながら、堂内をぐるりと見回す。

光は……

幾度か口の中で唱えてから、ふと、一眞はその問を、幾度、己の人生で問いかけて来ただろうかと思い至った。

この夢殿に至るよりずっと前、幼い日、明けやらぬ朝にぽっかりと目が覚めた時のこと。うっすらと外が白んでいるのが見えたのだが、朝が来た実感はなかった。鳥の鳴く声が聞こえるのに耳を欹《そばだ》てながら、日が何処から射してくるのかを待ちわびていた。次の瞬間、畳の上に一条の光が差し込むのを見つけ、一眞はそれに手を伸ばす。

摑《つか》んだ。

そのことだけで心は高揚し、駆けだしたい気持ちに駆られたものだ。

何故、そんなことを今、ここで思ったのか……。

ただ真っ黒な闇を見つめ、一眞はそれでもこの堂内に光を探しながら、ふと一年前のことを思い出していた。

○

明治二十年の夏、東京は麴町区飯田町。

小川一眞の写真館の名は「玉潤館《ぎょくじゅんかん》」と言った。

二階建てのそれは、さながら蔵のような外見で、法被姿の従業員が忙《せわ》しなく立ち働いている。

その喧騒から逃れるように、一眞は厚手のカーテンを閉め切った薄暗い二階の部屋で、長椅子に横たわり転寝《うたたね》をしていた。薄っすらと目を開けると、カーテンの隙間からこぼれた一条の光は部屋を横切り、置いてあるカメラに当たっていた。一眞が空を割く光に手を伸ばすと、その光は手のひらに円を描いた。

摑んだ……

という高揚はない。光がすり抜けていくような気がしていた。

「何かが足りない……」

一眞はこのところ、そんな想いに囚われていた。

「先生、またぼんやりして。昨夜、遅くまで現像液の実験をしていらしたでしょう」

無遠慮な声に顔を上げると、弟子の中西應策《なかにしおうさく》がドア口に立っていた。大股で部屋を横切ると、分厚いカーテンを開ける。昼近くの眩しい日光が差し込んで、一眞は思わず目を細めた。

「ん……まあ、うん」

一眞は気怠《けだる》く起き上がりながら、自らの手元を見る。

「余り、薬液を無駄遣いしないでくださいよ。お客さんの写真を現像できなくなったら元も子もないんですから」

中西の言い分も尤《もっと》もだ。薬液も安くない。もっと良いものを……と思ったところで、客にしてみれば「ほどよく写っていればいい」のだ。こだわりは一眞自身のものでしかない。

「いいですか、うちの売りは米国帰りの写真師、小川一眞先生なんです。先生がしゃっきりカメラの横に立ってシャッターを切れば、お客さんは喜んで下さるんですからね」

中西は、ささ、と一眞を急かして立ち上がらせる。

「髪を整えて、シャツの襟も直して下さいよ。お客さんがいらしたらどうするんです」

部屋を出ていく中西の背を見送って、一眞は、部屋の隅に立てかけられた姿見に歩み寄り覗き込む。我ながら、大分、疲れた顔をしている。

「米国帰りの写真師……ねえ」

看板に偽りはない。


一眞が写真と出会ったのは、十四の時のことであった。

万延元年に忍藩行田《おしぎょうだ》で生まれた一眞が物心ついた時、元号は「明治」になっていた。故郷の古老たちが「何もかもが変わってしまった」と嘆くのを横目に見ながら、新しいものが流れ込んでくる胎動の中にいるのが面白くて仕方なかった。そして、東京の報国学舎に入学した時、英国人教師が見せてくれたフォトグラフィーにすっかり魅了された。それは、目で見た景色をそのままに写しとることができるのだ。

「これはすごい」

これまで手で描いていた記録も測量もこれがあれば遥かに簡単になる。工学を学び始めた一眞にとって、この最新技術にこそ、自分の未来があると思った。

「写真はこれからの時代の最先端になる。俺は写真師になる」

卒業と共に写真師に弟子入りしたものの、生来の性格によるものか、徒弟制度が性に合わない。とりあえず技術だけを身に着けると、すぐさま師匠の元を離れ、わずか十八歳で群馬の富岡に自ら写真館を立ち上げた。

しかし、やはり実際に写真師になってみると、まだまだ足りない技術や知識がある。ならば、横浜に行こう、と、決意した。

当時、横浜は写真館の隆盛期であった。開港間もない極東の国に関心を抱いた異人たちは、こぞって横浜に降り立つ。そして故国への手土産として、日本の風景や人を写した写真を買っていく。その土産物である「横浜写真」は、写真師が写真を撮り、彩色師が顔彩で色を塗り、経師が掛け軸の如く表装をし、蒔絵《まきえ》や螺鈿《らでん》の細工がされた表紙をつけていた。

多くの写真師たちが「横浜写真」で荒稼ぎをして、長者番付に名を連ねている。

「俺がやりたいのは、これじゃない」

一眞が求めているのは最先端の技術としての写真で、工芸品としての商品ではないのだ。しかも、その工芸品の中に収まっている写真を見ても、「俺の方が上手いんじゃないか」という傲慢《ごうまん》が顔を覗かせる。

実力を試すために内国勧業博覧会に風景写真を出品したところ、入賞を果たした。

「大したもんだ」

親族や知人らは褒めてくれたのだが、一眞としては納得がいかない。

「入賞だ。金賞じゃないんだ」

一位を取れないのは、何故なのか。技術が足りないのではないか。

「やはり、異国に行くしかない」

横浜の居留地で通訳をしながら金を稼ぐと共に、米軍の関係者とも親しくなった。そして、横浜に停泊した軍艦に、水兵として乗り込むことに成功し、遂に米国に渡ったのだ。

米国では丸一年にわたって写真館や現像所で働きながら、その技術を具《つぶさ》に見て来た。

そうして堂々の凱旋《がいせん》を果たし、この玉潤館を立ち上げたのだ。

腕に確かな自信もある。だからこそ、「米国帰りの写真師、小川一眞先生」という看板に偽りはない。事実、そのうたい文句に惹かれて訪れる客は引きも切らない。

しかし今、一眞は目の前に座る人物の肖像を撮るだけの毎日に退屈していた。

鏡の前で、ぼんやりとした顔をしている己の頬を手のひらでパンと叩く。髪を櫛で撫でつけて、襟元を整えると、えもん掛けに掛かる三つ揃いのベストを羽織りながら欠伸《あくび》をした。

するとドアが開いて中西が顔を見せた。

「先生、お客さんです」

一眞は壁にかかる時計を見た。

「まだ早かろう」

今日の撮影は午後の一時に予約が入っている。今はまだ十一時を回ったところだ。

「ええ……ご予約ではなく、初めて来られた方なのですが……」

そう言ってからそっと歩み寄る。

「なかなかの貫禄ある紳士ですから、先生がご挨拶なさった方が」

この仕事は客商売である。大口の顧客を抱え込んだ方が都合がいいのは間違いない。その辺りの算段は、一眞よりも中西の方がきちんと出来ている。その点、一眞は客あしらいより技術に寄りすぎるのだ。

応接室へと向かうと、背広姿の恰幅の良い男が、ソファに浅く腰かけていた。年の頃は一眞よりも幾らか年上の三十代半ばといったところか。丸顔に丸眼鏡の愛嬌のある雰囲気の人である。

「お待たせしました。小川でございます」

一眞が丁寧に挨拶をすると、男はああ、と顔を上げた。

「いやはや、突然ですみませんね。少しお話をうかがいたくて」

写真を撮りたいというのではなく、話を聞きたいという。妙な男だと思いながら、一眞は男の向かいに座った。

「私は、菊池《きくち》と申します。小川先生の御高名はかねがねうかがっております。ほら、いつぞやの銀座の大広告の一件で」

菊池の言葉に、一眞は軽く顔を歪め、ああ、と頷く。

米国から帰って、初めて一眞が手掛けたのは、新事業「写真燈照《とうしょう》広告」であった。巨大な写真を張り合わせて大燈籠《とうろう》にして、銀座三丁目の上空に浮かべるという新事業である。米国ではよくある広告技法であるが、日本ではまだ誰も成し遂げていない。

銀座で「薩摩屋《さつまや》」を営む実業家、岩谷松平《いわやまつへい》からの依頼で、店の看板商品「天狗煙草」の写真広告を作ったのだ。大燈籠がレンガ造りのモダンな街並みを見下ろすようにふわりと浮かび上がった瞬間、道行く人々が空を見上げて感嘆の声を上げた。

「いやあ……こいつはすごい」

派手好きな岩谷は大喜びし、新聞などにもこぞって取り上げられ、大注目を集めることとなった。一眞もまた、日本の中心である銀座の繁華街に、巨大な光を浮かべたことに、言い知れぬ高揚を覚えていた。

燃費もかからず、新聞や街角に広告を出すよりも遥かに話題性も高い。

「これでいける」

帰国後の仕事も軌道に乗ると、息巻いていた。

しかし、事業は思ったよりも伸びなかった。その理由はあまりにも派手な広告のため、同業者からの妬みや客からの非難もあると、躊躇する商店が多かったことにあった。

この一件で一眞の名は広く知られることにもなったが、同時に色物の写真師と偏見を持たれることにもなった。一眞にとってあまり嬉しくない業績の一つでもある。

一眞が苦い顔をしているにもかかわらず、菊池は茶を啜《すす》りながら切り出した。

「そうそう……乾板《かんぱん》開発の事業もなさっていた」

一眞は、それにもまた、ああ、はい、と曖昧に相槌を打つ。

乾板とは、写真に使うガラス板のことである。

写真を撮る上で一番の厄介は撮影のための湿板《しっぱん》を創る手間の煩雑さであり、機材、薬剤の多さである。

まずガラスの板を磨いて、感光剤を定着させるコロジオンを塗布。それから光を断った暗室に入れて感光剤である硝酸銀浴をしてようやく湿板が完成。これをカメラに設置して撮影する。中でも硝酸銀浴の過程で暗室に入れねばならないため、屋外で撮影する時にも暗室や、それに代わるものがないといけない。さらに、薬剤が乾いては撮影ができないので、撮影の直前に塗らねばならず、手早く撮影することはできない。

しかしこの湿板に代わる技術として、十六年ほど前に英国で乾板写真の技術が開発された。これは感光材を塗って乾かしたもので、撮影の直前での手間は省ける。海外では既に湿板から乾板へと変わりつつあった。しかし現在、国内では生産されておらず、海外からの輸入品に頼るしかない。

「国産の乾板第一号を創りたい」

それが一眞の望みだった。それが成功すれば、国内のみならず、海外への輸出も視野に入れた大きな事業へと成長する可能性があった。

外国の貿易商からも「ぜひ、力になりたい」という声もあり、一眞は事業を立ち上げた。

「必ず成功させますよ」

大言壮語というほどではないが、事業を成功させたい思いが先走り、方々で口にした。新聞にも取り上げられ、注目の新事業となっていた。

しかし、乾板を作る上で重要なゼラチンや硝酸銀の成分が均一なものが国内では手に入らず、思ったようには上手くいかない。輸入品を仕入れるうちに、実験の段階でどんどん出費はかさんでいった。やがて貿易商は次第に腰が引け、最後には資金を出さなくなり、一眞の乾板製造事業は完全に頓挫《とんざ》した。

かくして一眞に残されたのは、銀座の街中に燈籠を浮かべて誇大広告をし、乾板製造の事業には失敗した山師……という不名誉な評価であった。

「……いやはや、よくご存じで。お蔭様で今はこうして立ち直り、写真館を構えております」

一眞は額に浮かぶ汗を手巾《ハンカチ》で拭いながら、改めて菊池を見やる。温和そうな雰囲気ではあるが、広告事業のことや乾板の話を持ち出すとは、或いは対立する同業者だろうか……と、訝《いぶか》しむ。すると菊池はその視線に気づいたのか、ははは、と軽妙に笑った。

「いや、単なる好奇心ですよ。私は写真とは無縁の門外漢なのです」

そこで菊池はふと人懐こい笑みを見せた。そして、テーブルの上に置かれているアルバムを見た。

「それで、現在の玉潤館では、永久不変色写真という技法が売りの一つであるとか。どういったものなのか、少し話を聞きたいのです」

一眞はやや警戒しながら菊池を見る。菊池はしみじみとアルバムの写真に目を凝らし、その表面をなぞる。その仕草に好奇心を見て取った一眞は、ふと胸が躍るのを覚えた。永久不変色写真は、一眞にとって会心の技法であったのだ。

「これまでの鶏卵紙を使った写真ですと、時間と共に変色し、色あせてしまいます。しかしこの永久不変色写真は、重クロム酸塩とゼラチン混合物によるカーボン印画法で、色が変わることはないのです。その要点はですね……」

度重なる実験の末に開発したこの技法は、正に玉潤館の看板であったのだ。話し出すと止まらないから、詳細を説明する必要はないと、中西からは再三言われているのだが、聞かれた以上は語りたいのが一眞の性分である。

菊池は意気揚々と話す一眞の様子をじっと見つめてから、うむ、と深く頷いた。

「やはり、貴方だ」

何のことか分からず、一眞は首を傾げる。すると菊池はようやっと懐《ふところ》から名刺入れを取り出して一眞に差し出した。

「ああ、申し遅れました。私はこういう者です」

名刺には帝国大学教授、菊池大麓《だいろく》と記されていた。

「帝大の先生……でいらっしゃる」

「ええ。実は、貴方のことを岡部《おかべ》子爵からご紹介頂いたんですよ」

「岡部さんから」

一眞は思わず声を上げ、目を見開いた。

岡部長職《ながもと》子爵は、外務省の役人で、旧岸和田藩主の長男である。そして、一眞にとっては恩人でもあった。

ビザすら持たずに渡米した一眞が路頭に迷いそうな時、支援してくれたのだ。世が世ならば、お殿様と、他藩の一藩士。身分違いの間柄だが、どういうわけか三十歳の岡部は、写真を学ぼうと一途に努める二十四歳の一眞のことを気に入ったらしい。

「君は面白いから、色々と学んでみるといい」

自らの伝手《つて》で米国の写真館や印刷工場、研究所などを紹介してくれた。帰国してからもその交流は続いており、この「玉潤館」の名付け親でもあり、出資者でもあった。

「岡部さんの御友人とは存じ上げず……」

一眞はこれまでの態度を反芻《はんすう》し、失礼がなかったかと不安に思った。

「いや、こちらこそ最初に名乗らず、御無礼を。岡部さんとはケンブリッジで学んだ縁で親しくなってね。偶々、私が写真師を探していると言ったら、君のことをいたく推す。あの岡部さんが推してくれるならばと思ったのだが、一方で貴方には山師との噂《うわさ》もあった。岡部さんは人がいいから騙されていやしないかと不安に思い、少し試すようなことをしてしまったが……」

ははは、と菊池は笑いながら一眞を見る。

「カーボン印画法など、私が聞いてもすぐには分からない。それなのに嬉々として話す様は、どちらかと言うと商売人というより、我ら研究者に近い。貴方に頼みたいと思いました」

そう言って笑う菊池の顔は柔和で、見ているこちらもほっとする。

「御顔写真を撮りましょうか」

「いえ、仕事をご一緒したいのです」

菊池は傍らに置いた鞄から分厚い書類を取り出した。そこには英文で「solar eclipse」と記されている。英語については相応に知識はあるつもりの一眞であったが、咄嗟《とっさ》に何を書いてあるのか分からなかった。

「太陽の……何です」

「蝕《しょく》です。日蝕。今年、この国で百一年ぶりに皆既《かいき》日蝕が見られるんですよ」

「百一年……」

ざっと脳裏で計算をしてみるが、凡《およ》そ百年ほど前がどんな世界であったかはすぐには思い浮かばない。ただそれが歴史的な事件であることは分かった。

「それを、撮るんですか」

「ええ。何せ米国からも観測隊が来るんです。こちらも負けてはいられないので、私を中心とした観測隊を組織したんですがね。記録となる写真を撮らなければならない。しかも、共同で調査をすることになるので、英語が出来る人がいいし、写真技術も長《た》けていなければ困る。そこで貴方に頼みたいと思ったわけです」

一眞は思わず腰を浮かせて身を乗り出した。

「ぜひ、よろしくお願いします」

手を握らんばかりに迫られて、菊池の方がやや身を引きながらも、ああ、こちらこそと頷いた。

菊池が写真館を去ってからも、一眞は高揚した気分が冷めやらなかった。

光は何処から来るのだろう……

そう思い続けて来たけれど、光源たる太陽を撮る日が来ようとは思ってもいなかった。

天体の撮影は、世界中の写真師たちが次々に挑戦している課題の一つでもある。聞いた話によれば、一眞がアメリカに渡る前にアフリカの喜望峰にいたイギリス人天文学者が彗《すい》星《せい》の撮影に成功したという。それを聞いた米国の写真師たちも、こぞって天体撮影に挑戦しようと躍起《やっき》になっていた。

一眞もいつかは天体撮影に臨んでみたいと思っていたが、何せ成功するか否か分からず、機材を整えるだけでも金がかかる。そうそう簡単に挑戦できるものではない。ましてや今、写真館がようやく立ち行くようになったばかり。しかも、最近になって二人目の子が産まれたばかりの身の上である。

そこへ帝国大学の観測隊から依頼が持ち込まれたのだ。これ以上の好機はない。

「太陽が、光の塊《かたまり》が、欠けていく様を撮るんだ」

赤ん坊をあやす妻、市子《いちこ》に語り掛けるが、今一つ分かってもらえない様子である。歩き始めたばかりの長男に声をかけるついでに、

「それはようございますねえ」

と、優しくいなされた。

それでも一眞は楽しみで仕方ない。

「天体を撮るにはどんな方法がいいだろう」

日蝕は、刻一刻と変化をしていく現象である。その推移を記録するためには、素早い作業が必須となる。

「いちいち湿板を作っていたのでは間に合わない。乾板があればいいのに……」

あの時、開発に成功していればと思わずにはいられない。しかしその時ふと、

「あの方法ならいけるかもしれない」

と、思い至るものがあった。

そして意気揚々と日蝕の日、八月十九日を迎えた。

日蝕の観測地となったのは、福島の白河小峰城址《じょうし》である。幕末の頃には、官軍と幕軍の激戦地であったが、明治も二十年ともなると、そこは緑の生い茂る丘となっていた。

その時代に戦った武士たちは、まさかこの地に日本人と米国人がこぞって空を見上げる日が来ようとは思いもしなかったであろう。

そこには、さながら蛇が這うような奇妙な形の小屋がある。

「あれが、水平望遠鏡ですよ」

菊池が言う。長さ四十尺（一二・一二メートル）ほどの水平望遠鏡は、上部は杉皮葺《すぎかわぶ》きになっていた。その奥には、写真室が設けられている。先月から来日していた米国人の観測隊と、菊池率いる日本人の観測隊が知恵を出し合って出来たこの実験設備は、観測と共に撮影をするために造られていた。

そこには、帝国大学の招聘《しょうへい》教授であるウィリアム・バルトンがいた。彼は工学の専門家であったが、同時に写真についても造詣が深く、写真の乾板についての研究論文も発表していた。一眞は今回の日蝕撮影に際して、菊池からバルトンについて聞いており、会えることも楽しみにしていた。

「今回は、どういう方法で撮影を行うのですか」

バルトンの問いに、一眞は待ってましたとばかりに解説をする。

「ともかく、湿板の乾燥を防ぎ、素早く撮影をしなければなりません」

一眞は二年ほど前、陸軍参謀本部の委嘱で湿板膜の乾燥を防ぐ実験を行った。蜂蜜や茶、果汁やアラビアゴムなどを試し、独自の調合を成立させていた。

一眞の解説を、バルトンは好奇心に目を輝かせて聞き、

「素晴らしい」

と、感嘆の声を上げた。

自信はあったのだが、バルトンの言葉によってその思いを強めた一眞は、腹に力を込めて刻一刻と迫りくる日蝕を待っていた。

「いざ日蝕が始まれば、失敗は許されない」

米国の観測隊を率いるトッド教授の一言に、緊張が高まる。そこに参加していた海軍の少将は、

「我が国の沽券《こけん》にかかわる」

と、口にした。

確かに百一年ぶりに我が国で起きる出来事である。成功すれば世界にも発信できるが、失敗すればこの国の技術発展はまだまだ……と言われかねない。

一眞は、何度も大きく息をする。

「大丈夫……既に、太陽は撮影できたんだ」

太陽の試し撮りは既に成功していた。それだけでも快挙と言ってもいいのだが、本番はこれからだ。そう思うと、知らぬうちに手に汗を握っていた。

しかも、残念なことにこの日は晴天とは言えない。

想定外のことを避けるために、この観測地の周囲には二重の柵が張り巡らされ、誰一人入ることが出来ぬよう、厳重に警備をされていた。

「さあ、いよいよです」

菊池が声を上げ、トッド教授は、夫人と手を取り水平望遠鏡へと歩み寄る。一眞は緊張で目を何度も瞬《またた》いてから大きく一つ息をついて、カメラを覗き込んだ。

ゆっくりと太陽が欠けていく。

音など何もしていない。それなのに何故か、地鳴りにも似た音を聞いたような気がした。巨大な光の塊が欠けていく様は、ただそれだけでこちらを圧倒する。

一眞は一瞬も逃すまいと、少しずつ変化していく太陽の様を撮るべく、シャッターを切り、湿板を入れ替える作業を繰り返す。

そして遂に太陽は完全に月の陰に隠れ、黒い塊に、光背の如き光を与える。

「コロナだ」

トッド教授はその様子を見て声を上げた。

コロナ……これがコロナか。

光の源を覆い隠し、その向こう側から閃光が覗く。辺りが夜のような暗さなのに、奇妙な塊が中空に浮いている様は、何とも歪《いびつ》に思えるほどだ。

「これを、天の怒りと考えた昔の人の気持ちも分かる」

空を睨む菊池が言う。

一眞はカメラを覗き込みながら固唾《かたず》を呑んだ。

あらゆる光の源である太陽が欠ける瞬間を、目の当たりにしているのだ。

その事実に改めて思い至り、シャッターを押す手が震えた。

「これは……光か、影か」

ここに見えているのは、欠けていく太陽の姿というべきか、動いて行く月の姿というべきか。表裏をなす二つの姿がそこに凝縮されているようだ。

そしてそれを美しいと感じてもいた。

○

日蝕の撮影から半年ほど経った明治二十一年の春のこと。威風堂々といった雰囲気を持つ一人の男が玉潤館を訪ねて来た。男は、宮内省の図書頭、九鬼隆一と名乗った。

九鬼は応接室のソファに腰を下ろすと、先の菊池とは異なり、笑みを見せることもなく淡々と話を切り出した。

「先の日蝕撮影では、米国の観測隊と共に取り組まれたそうですね。また先日は、東京府工芸品共進会で二等銀牌となり、東宮御所の御用掛《ごようがかり》にもなられたと聞いています」

誉め言葉として言われたのであろうが、一眞としては苦笑するしかない。

残念なことに、あの日蝕の撮影は思うような成果は得られなかった。悪天候のためもあり、丁寧に現像してみたものの、はっきりとした黒い真円は写っていなかった。

それだけではない。

一眞は先年、東京府工芸品共進会の写真部審査委員を任されていた。同会において自らも「カーボン永世不変色写真」を出品したのだ。そして二等であった。

「おめでとうございます」

賛辞を受けたものの、

「一等ではないのだ」

という思いもあった。

無論、自ら審査委員を務める会で、審査員が一等ともなれば、傍から見て甚《はなは》だ噴飯ものであろう。しかしそれでも、有無を言わさぬほどの写真であり技術であれば、恐らく一等になりえた。むしろ二等であることにさえ、多少の忖度《そんたく》があったとさえ思える。

かつて、米国に旅立つ前、内国勧業博覧会に出品した時にも、金賞を獲ることはできなかった。

「俺の写真には何かが足りない」

向上心が行き過ぎて、却《かえ》って自らの不足にばかり目がいってしまう。

あの時は、技術の最先端を求めて米国へと旅立った。しかし今、ここからどうしたら良いのだろう。

先へ先へ、上へ上へと急《せ》いて来た思いがあった。米国へ渡り、写真館を建て、天体撮影に挑み、東宮御所の御用掛になった。無論、ここが至上と思っているわけではない。だが、これまでと同じように勢いと熱に任せて走り続けることには限界を感じていた。

何より、今、目の前には目指すべき光が見えていないのだ。

「日蝕はともかく、太陽まで撮ったんですから、光は撮りつくしたということじゃないですか」

門下の中西應策には笑われる。一眞も、そうだな、と相槌を打ちながらも、何か空しさを覚えてもいた。

そこへこの不愛想なほどに威厳ある九鬼の来訪であった。

「それで、肖像をお撮りしますか」

九鬼はいや、と首を横に振った。

「実は、古物の調査を行うので、記録のために同行していただきたい」

「古物……」

これまで、時代の先へ、更に上へと走って来た一眞の前に、昔の古いものを写してくれと言うのだ。正直なところ、これっぽっちも魅力を感じていない。

「一体どうして、今……古い寺の宝物を」

九鬼は、ふむ、と頷いてから口を開いた。

「神仏分離をご存知ですか」

神仏分離とは、慶応四年に政府が発した「神仏判然令」に基《もとづ》く政策である。天皇陛下を現人神《あらひとがみ》として国を統《す》べる上で、神仏習合は相応しくない。神社から仏教寺院の影響を排除するという意図で発せられた。しかしそれはいつしか一人歩きを始め、仏閣や仏像、宝物の破壊活動へと発展。いわゆる「廃仏毀釈《はいぶつきしやく》」の嵐が吹き荒れた。

一眞はまだ幼かったので余り記憶にはないのだが、母が涙ながらに、「仏様が可哀想」と、言いながら手を合わせていたのを覚えている。信心というものが芽生えるより先のことであり、泣いている母を可哀想とは思えども、造り物の仏様には何ら感慨はなかった。

「このところ、そうして破壊された寺の遺物や、仏像などが、海外に売られているのです。中には我が国の歴史に関わる貴重な品々もある。まずはそれらを把握して、流出を防ぐことが急務なのです」

淡々とした口調ではあるが、九鬼の心底には青々とした炎が燃えているように感じられた。ただでさえ彫りの深い顔立ちは、その熱と共にさながら異国の彫刻のようにさえ感じられる。これを撮ったら、さぞやいい絵になるだろうと思うほどであった。

行き詰っている今だからこそ、これまでにないことをしてみようと、一眞は自然に思えた。

「分かりました。参ります」

旅程は和歌山や京都、奈良と畿内《きない》を巡る長旅である。

その出立の前には色々と気がかりもあった。

「写真館の方はお気になさらず」

中西をはじめとした写真師たちが引き受けてくれた。残るは、妻、市子のことであった。二人目の子である長女、はなが、幼くして命を落としたばかりだ。以来、市子は寝付くことが増えていた。元より体が丈夫ではないこともあり、心が弱ったことで益々、儚《はかな》げな様子なのである。

「お前がそんな調子なのに、出かけて良いものだろうか」

一眞は痩《や》せた市子の背を撫でながら問う。しかし市子は首を横に振る。

「いっそ、お出ましになって、はなの供養をお願いして下さいまし」

確かに寺を巡るのだから、それも良いのかもしれない。市子の側にいたところで役に立つわけでもない以上、むしろ仕事をして稼いでくる方が良いだろう。

「旅先の写真を送ろう」

市子は笑顔で頷いてくれたので、やや後ろ髪を引かれる思いで出立した。

一眞は今回、乾板写真に取り組むことにしていた。自ら開発できなかったことに悔しさもあるが、今や写真は完全に乾板が主流。国内でも、浅沼商店などが開発に努めており、以前よりも価格は下がって来た。しかも今回はお上からも金が出る。

「ここで少しは手ごたえのある結果を残したい」

無論、既に一写真館の主としては十分な評価を得ているのだが、一眞の心中ではまだ「何か」が足りていない気がした。

船で和歌山に入った一眞は、五月の十八日には高野山の山中で宝物調査の一行に合流を果たした。九鬼隆一と、その元部下であり美術学校の岡倉覚三、東洋美術に詳しい御雇《おやとい》外国人のフェノロサ。その他にも、画家や彫刻家、近隣の役人や、東京、大阪、京都の新聞記者などが連れ立っていた。

一眞にとってこの仕事は、それこそ日蝕の撮影や、東宮御所の御用での御尊影の撮影に比べて遥かに気楽なものである。時間の制限もさほどあるわけではない。相手は口を利かず、動くこともない仏像や絵、建物である。光の位置さえ確かめて、機械の扱いさえ過《あやま》たなければ、何も考えずとも記録できる。手際よく正確に。流れるような自分の撮影に納得してもいた。

お蔭で肩の力が抜けて、改めてこれまで見たことのなかった古寺をしみじみと見るゆとりもあった。元からさほどの信心があったわけではないが、幼い時分から祖父母らが仏壇を拝むのは見て来た。自然、荘厳な仏閣を見れば手を合わせる心地にもなる。

「はなの供養を」

市子の言葉を思い出し、早々に逝った我が子のことを想い、その風景を写真に収めた。妻への文を認《したた》めるゆとりもあり、時がひどく緩慢に流れているようにも思えた。

これまでの多忙な日々や、新しい挑戦に明け暮れたことからすると、退屈にさえ思えるほどである。しかし、この旅で会う記者たちとの交友もなかなかに面白い。

この調査隊を率いる九鬼隆一は、目鼻立ちの整った男ぶりで、何でも当世きっての漁色《ぎょしょく》家であると言う話も聞いていた。飽くまでも当人と話したことではなく、記者連中から聞こえて来た話である。

一方の覚三はというと、九鬼のような男ぶりではないが、何とも愛嬌のある男で、目が離せない雰囲気を持っている。話しかければ応えてくれるのだが、独特の感性を持っているので、その言葉の半分は、理解することができない。同じ言語を使っているはずなのだが、奇妙な男である。

そして、フェノロサである。

この男は、一眞がカメラを構えると、そのすぐ後ろにひょろりと立っている。

「何ですか」

一眞が問うと、フェノロサは、

「お気になさらず」

と、笑う。

米国人の帝国大学教授アーネスト・フェノロサは、日本の美術研究の第一人者であるらしい。覚三と共に調査隊に参加しており、法隆寺の秘仏の扉を最初に開けたのも、フェノロサと覚三であると聞いていた。

ただ一眞は、どうにもこの異人の男が苦手であった。

一眞は英語も堪能であり、米国に渡った経験もあることから、異人に対して他の日本人よりも慣れているという自負がある。差別をするつもりなどないと思っていた。しかしその一方で、我が国の宝物の調査において、異人の手を借りなければならない理由が、一眞にはどうにも腑《ふ》に落ちていない。

「何だって、貴方のような異国から来た人が、我が国の宝物を調べているのでしょう」

一眞はふと直に本人に尋ねてみた。するとフェノロサは軽く肩を竦《すく》めた。

「それは私がこの国の美術を愛しているからですよ」

衒《てら》いもなく言う。

「愛ですか……」

異人はよくその言葉を使う。米国にいた時にも「ＬＯＶＥ」の使い方について一眞は凡《およ》そ理解に苦しむことも多かった。明《あ》け透《す》けに、外側から降り注いでくる熱のようなその言葉の意味が、今一つ分からないのだ。

高野山での調査は五日間に及んだ。終わりに近づいた時のこと。一眞は一体の不動尊像を前にカメラを構えた。暫くじっと見ていたのだが、像に向き合った時にぐっと睨まれているような力を感じる。ファインダーの向こうに焔《ほむら》が立つような感覚だ。生きているものを撮っているわけではない。動くわけもない「物」に対峙《たいじ》しているはずなのに、シャッターを切るタイミングが摑めない。

「どう撮りますか」

いつものように一眞の背後に立ったフェノロサが不意にそう問いかけた。

この異人はカメラを知らないのかと思った。これまで散々、人の仕事を覗き込むように見ていたのはそのせいであったかと得心《とくしん》もした。

「ガラス乾板を取枠《とりわく》に仕込んだら、暗箱《あんばこ》に入れ、像を結んだところでシャッターを切るんです」

一眞は手際よく取枠を仕込みながら、仕組みを解説しようとする。すると「NO」と一眞の説明を遮った。

「そうではないのです。貴方はこれをどのように写真に収めるつもりなのか、聞きたいのです」

一眞は怪訝《けげん》な顔でフェノロサを見た。フェノロサは一眞に己の意図が通じていないと分かったのか、ううん、と唸りながら言葉を探す。

「貴方のIDEAが知りたい」

「IDEA」

一般には「考え」「着想」といった意味であろうと思っていたのだが、どうもフェノロサの語り口はその意味ではない。岡倉覚三に尋ねると、ああ、と得心したように頷く。

「彼が言うIDEAはもう少し違う。私は妙想《みょうそう》と訳すのがよかろうと思っている」

覚三は字を記して見せた。覚三の訳によって、より一層、分からなくなった。どうにも一眞にとっては言語化して捉えるには難しい概念らしく、フェノロサが一眞の「妙想」とやらを知りたいと言ったとて、写真は写真としか言いようがない。

「貴方は美術は好きですか」

フェノロサに問われ、一眞は、

「無論」

と答えた。ボストンにいる時には、友人たちに誘われてボストン美術館に度々足を運んだ。古今東西の絵画や彫刻に触れ、大いに識見を広めたと思っている。

「写真も美術なのです」

フェノロサは言う。

いや、それは違うだろう……と、一眞は思う。

写真は技術の集積であり、実験の賜物《たまもの》であった。正確に記録をし、はっきりとした色で現像する。そのために試行錯誤を繰り返してきた。

名勝を写真に収めることもあるが、ありのままを写し出すことに意味がある。肖像とても、その姿を描くよりも正確に、真影を写すことが大切なのだと思う。それには写真師の技術が大切であるが、主観はいらないし、ましてや「ＩＤＥＡ」は要らない。

一眞はフェノロサの言葉を軽くいなして、改めて不動尊像に向かってカメラを構える。

しかしフェノロサは、一眞の後ろに立ち、尚も言葉を紡いだ。

「この宝物調査において大切なのは、目の前の絵や建物や仏像が、この国の宝であると知らしめることです。私たちも勿論、言葉を尽くします。また、記者の方々も画家の方々もこれらが美しく貴重であることを伝えます。同じように貴方も、これらに対する思いを写して欲しい。大きさは測りますから問題ありません。もちろん、記録も大切です。しかしそれ以上に貴方にとっての宝物を伝えるために撮って欲しい」

一眞はいら立ちを覚えて眉を寄せる。

「私は一流の技術者であるが、画家でもなければ彫刻家でもない。何をもって美術と呼ぶんだ」

すると、フェノロサは首を傾げた。

「ならば何故、境内の片隅に打ち捨てられた仏像まで、写真に収めていたのですか。それも、とりわけ丁寧に」

寺を巡っていると、あちこちに壊れた仏像があった。腕が捥《も》がれ、時には頭が落ち、砕かれた木片になっているものもある。同行していた彫刻家の加納鉄哉《かのうてつさい》は、その有様を見てさめざめと泣いていた。新政府が立つ御一新以前には仏師をしていたという加納にしてみれば、身を捥がれる思いであろう。一眞も素通りできずに、カメラを構えていたのをフェノロサに見られていたのだ。

「貴方は撮ることで、何かを伝えたいと思ったのではありませんか」

伝えたいというほどのものではない。

これまでの一眞であれば、打ち捨てられた仏像は、新時代にそぐわないものであったからだと無視してきたかもしれない。しかしふと、これらの仏像の残骸は、新しい時代の中で光を追い求め続けて来た一眞にとって、振り返ることのなかった「影」なのかもしれないと思ったのだ。

　フェノロサは口を噤《つぐ》む一眞に向かって言い募る。

「貴方は、胸の内にあるものを、写真という形で表すことができる。ここにある物の真の価値を、今の政府や海外にまで伝えることができる。それが、宝を守ることに繋がるのです。貴方の心にあるＩＤＥＡを見せて下さい」

　高野山での調査を終え、一行は次の調査地へと向かう。その道中、一眞はフェノロサの言葉に苛立ちと反発を覚えていた。しかし、旅を続けて二月が経ち、奈良へ入る頃になると、少しずつ意識が変わり始めていた。

「或いは、あの男の言うＩＤＥＡが、俺の写真に欠けていた何かなのだろうか」

　自信のあった作品が銀牌に終わった理由。そして今、行き詰まりを感じている理由。

「どうせなら、やってみよう」

　一眞は意を決して、一行と共に訪れた興福寺でカメラを構えた。

　そこにあったのは「無著像《むじゃく》」である。いかなる物語を持つ像なのか知らないが、物として「在る」のではなく、静かに佇《たたず》んでいるように見えたのだ。

「どう撮るか」

　一眞は自らそう問いかけた。

　無著というのが、法相宗《ほっそうしゅう》の源であるインドの祖師であり、これを彫ったのが鎌倉時代の仏師、運慶であるという話を聞いたが、一眞にとってはその解説よりも目の前の佇まいがあまりにも雄弁に思われた。

時代を越えてきているのだ。素直にそう思えた。

そしてその越える力は何なのかを考えた時、或いは作り手である仏師の「ＩＤＥＡ」なのかもしれないと思えた。ただ人型をなぞったのではない。そこに込められたものに、一眞は心を動かされたのだ。

一眞は無著像に肉薄《にくはく》した。像全体ではなく、ぐっとカメラを近づけて斜めから撮る。すると像に当たる光の角度は変わり、表情を象《かたど》る陰影が変わる。静かな眼差しの先に何があるのかを語り掛けるような顔立ちに見えるのだ。

一眞は「今だ」と思った瞬間にシャッターを切った。

珍しく黙って見ていたフェノロサは、写真の出来上がりも見ていないのに、

「良いものが撮れましたね」

と言う。一眞は素直に頷けず、

「さあ、どうでしょうな」

と答えた。現像してみなければ、写真の良し悪しなど分かるはずもない。そう言いたかったのは、フェノロサに対する対抗心に似た思いからであったろう。

しかし、それからというもの、旅の道中で出会う像の一つ一つに向き合うことが面白くなってきた。

米国に渡り、新しい技術を学んだ時、日蝕の撮影をした時、光を目指して走って来た。しかし今回は少し違う。分かりやすく煌々《こうこう》とした光が見えているわけではない。辺りの光を吸い込んでいく煤《すす》けた木像の中に潜む、小さな光を覗き込む作業だ。しかし、影を深く刻む像を象る光を見出し、それを写した瞬間に、言い知れぬ高揚《こうよう》を覚え始めていた。

そうして一行は、法隆寺の夢殿に辿り着いたのだ。

一眞の目の前には今、黒い厨子がある。

長年、秘仏として厨子の中に閉ざされてきたそれを今再び開け放ち、更にはカメラで写真に収めようとしている。

堂の外でひと悶着していた面々も、ようやく落としどころを見つけたのか、そろそろと中へ入って来た。同時に随行の記者たちも堂の中へと足を踏み入れる。

「やはり外には出せませんが、まずは厨子を開きましょう」

覚三は一眞に告げる。一眞もはい、と返事をして厨子の前で身構えた。

「では」

僧侶が扉に手を掛けた。ギギギと音がして今、正に開かれた。

光は、厨子の内側から射した……。

ほんの一瞬である。

暗がりに慣れた目で、黒い厨子を見つめ続けていたせいか、わずかに内側の像にあたった日の光がひどく眩《まぶ》しく感じられたのかもしれない。

厨子の内にいたのは、細身の救世観音である。薄っすらと微笑みを浮かべているその表情は、何と表現するべきだろうか。全ての者を救う慈悲深さ……とは、一眞には見えなかった。

温かさとは違う。もっと異質な何か。

「どう感じますか」

フェノロサが一眞の傍らで問いかける。そう言えばこの異人は、既にこの秘仏を一昨年に見ているのだと思い出した。

「貴方の感想はどうなのですか」

一眞が逆に問いかけると、フェノロサは首を横に振る。

「私は既にこの姿を見て、散々に頭を悩ませてきました。だから、最初の衝撃を忘れてしまった。今の貴方が一目見たその思いを知りたい」

いちいち面倒なことを言う。

だが、正直なところ、一眞は何と表現して良いのか分からない。ただ一言を口にする。

「……もっと、違うものを想像していた……」

何が、と問われても難しい。

慈悲深い救世観音の秘仏と言われれば、開けた瞬間に包まれるような温かさがあるのではないかと勝手に思っていた。

しかしこの観音像はそんな甘く優しい風情はない。

「人ならざる者に見えます」

形が歪《いびつ》であるとか、彫りがおかしいとか、そういうことではない。ただ、この笑みを浮かべて佇んでいる者が目の前にいたら、それは人ではあるまい。かといって醜いのではない。

尊き何かの持つ残酷さと畏《おそ》れ。

興福寺で運慶が造ったという無著像の持つ言い知れぬ熱とは違う。もっとひんやりとした酷薄さも兼ね備えたものに見えた。

「怖いですな……畏怖とでもいうのでしょうか」

その言葉が一番しっくりと来る気がした。

「なるほど。それで……」

「どう撮りますかと訊くんでしょう」

フェノロサは言葉を先に言われて苦笑する。

一眞は、やれやれとカメラを構え、ファインダーを覗き込む。しかし、やはり厨子の中にいたままでは、ただの黒い塊になってしまう。

「厨子から出してもらえませんか」

一眞の声に、僧侶たちは再び眉を寄せた。しかし、先ほど夢殿から出せと言ったのに比べれば、こちらも譲歩しているのが分かったのだろう。渋々といった様子でゆっくりと厨子から取り出した。

しなやかな体に、不可解な笑み。細部に至る繊細な装飾。これが千年以上も前に創られていたということに嘆息する。

「光は……」

この仏を美しく収めるためには、光が要る。

一眞は夢殿の中をぐるぐると歩き回り、戸口から射す僅《わず》かな光を測っては、像の位置を何度も確かめる。そうして納得したように頷くと、夢殿の戸口に障子の衝立を立てた。白い障子を反射板にして、マグネシウムリボンを手に、再びファインダーを覗き込む。

「これでいきます」

一眞はそう言うと、マッチを構えた。

「まさか、火をつけるんと違いますやろな」

僧侶が慌てた様子で、詰め寄る。一眞は、ああ、と軽く頷いた。

「大丈夫ですよ。一瞬ですから」

さすがの覚三もやや顔色を失う。

「ここは木造の建物だから、火の気は厳禁なんだが……どうだろう」

「しかし、外には出せないのでしょう」

一眞が問いかけると、僧侶たちは顔を見合わせる。そしてやはり、外には出せないと決まったらしい。

「一瞬ですな」

「ええ」

気が変わらぬうちにと、一眞はファインダーを確かめ、マグネシウムリボンに火を点《とも》す。

すると鋭い閃光が辺りを照らし、同時に目の前にいる救世観音を照らした。

閃光の中に浮かび上がったそれは、この世のものではない何かに見えた。そして一眞はやはり「畏れ」を抱いた。

閃光に目をやられ、一眞以外の皆が目を閉じている間、光の残像の中で一眞は真正面から一人、救世観音に対峙した。

「さあ、どうする」

それは無言で問いかけてくる。

漆黒の目でこちらを見据え、口元にだけ笑みをたたえたそれを見返しながら、シャッターを切った。

そしてふと、辺りを見回す。

救世観音が強い光に照らされたと同時にそれ以外の全てが濃い影に包まれていたのだ。

「光か、影か……」

これまで、一条の光を摑もうと、先へ先へ、上へ上へ急くように走って来た。最先端の技術を求め、より高い評価を求め、走り続けて来た。しかし今、この救世観音の前で一眞が見つけたのは、一条の光ではない。

光と、影の織り成す陰影だ。その陰影を写し出すことで、不可解な表情の仏像の内に潜んでいる真の光を、己の手で取り出す。

それが写真に出来るのだという手ごたえがあり、胸の奥が躍《おど》るのを覚えた。

「面白いじゃないか……」

これは、終わることのない面白さだ。

じんわりと閃光の残像が消え、目の前の救世観音は、先ほどと同じように不可解な笑みを浮かべて立っている。一眞は、ふふふ、と静かな笑みを浮かべる。

「どうしました」

フェノロサが問いかける。一眞は救世観音を見つめたままで答えた。

「この扉を開いたら、落雷があると言うのは、本当かもしれません」

フェノロサは、ははは、と笑う。

「おや、先ほどの光は貴方のマグネシウムリボンかと思いましたが、落雷でしたか」

「ええ……脳天を貫いて行きました」

一眞は救世観音と対峙する。そして周りをぐるりと見回す。

仏像だけではない。ここにいる人々の中にも、潜んでいる光があり、その後ろに影がある。光も影も引き出す力をこの手に宿してみたい。

「貴方の言うIDEAとやらは、はっきりとは分からないけれど……或いはこの感覚なのかもしれない。だとしたらそいつは、一生、飽きることがなさそうだ」

一眞は己の手のひらをじっと見つめ、再び力が漲《みなぎ》ってくるのを感じていた。

一眞は窓の外に広がる銀座の街を眺める。

○

明治三十三年、秋。あの宝物調査から十二年の歳月が過ぎ、一眞は四十一歳になっていた。

現在、一眞の写真館、玉潤館は、銀座の日吉町に在った。写真の製版所を併設しており、壁面にレリーフをあしらった洋風の造りである。今や長者番付に名を連ねる写真師となっている一眞であったが、一眞自身、豊かさにはさほどの執着はなかった。稼いだ金をすぐさま独自の乾板開発のためにつぎ込んでしまうので、写真館の従業員たちには、「そろそろ落ち着いてください」と呆れられる始末である。

一眞は窓から離れ、大きなマホガニーの机に歩み寄る。その上には『真美大観《しんびたいかん》』という分厚い本が置かれていた。それを手にして、部屋の中央に設《しつら》えられたソファに腰を下ろし、ゆっくりとページをめくる。そこには、宝物調査で一眞が撮影した仏像が掲載されていた。

宝物調査を終えた後、写真を印刷するにあたり、分厚いガラスにゼラチンを使って版を創るコロタイプ印刷を用いた。繊細な陰影を刻むこの技術において、一眞は第一人者とされていた。

「俺だからこそ、表現できる写真がある」

肉薄してシャッターを切り、精緻な技術で現像する。その二つが相まって出来上がった写真を見たフェノロサは、

「貴方の心が動いたことが分かる。貴方がこの像を愛しているのが伝わる」

大仰《おおぎょう》な身振りと共に熱弁を振るって褒めていた。しかし一眞にしてみれば、愛と言うには違うのだ。ただ、それが尊きものだと心底で理解したということなのだろう。

「それが、貴方の言うＩＤＥＡだろうか」

漠とした「妙想」とやらを探るように問いかける。するとフェノロサは、

「はい。貴方は見つけたのです」

見つけたと言われると、果たしてそうだろうかと思う。しかし、「どう撮りますか」と、フェノロサに詰め寄られながら撮ったものは、写真を見た瞬間に、お、と心を動かされるものがあった。自ら撮っておいてこんなことを言うのは、正に自画自賛としか言いようがないのだが、明らかにこれまでの写真とは違っていた。

もちろん、写真の全てがそういう出来であるわけではない。とりわけ一眞自身が心惹かれた仏像については、写真という無味乾燥であると思っていたはずのものが、雄弁にこちらに向かって語り掛けるものになっている。

「写真も、美術……か」

その時、フェノロサが言おうとしていたことが、一眞の中でしっくり来たのだ。

岡倉覚三もまた、この写真の出来栄えを大いに喜んだ。

「我らが新たに創刊する雑誌『國華』に掲載したい」

『國華』は岡倉覚三らが立ち上げた東洋美術の専門雑誌である。一眞が快諾すると、覚三が写真の選定を行った。掲載されることになった写真は、一眞が敢えてカメラを肉薄させて撮ったものや、光の角度にこだわって撮影したものばかりである。

「やはり、これらが雄弁なので」

覚三が言った。フェノロサの言うＩＤＥＡがそこに在ると、覚三は分かっていたのだろう。

更に、九鬼隆一と覚三が寺院関係者たちと共に編集した美術全集『真美大観』にも掲載されることとなった。

「廃仏毀釈を経て、消えかけた仏教の火を再び点そうという動きがある。それには、貴方の写真が必要だ」

九鬼が静かな口ぶりで熱く語る。一眞も喜んだ。

「九鬼さんが声を掛けて下さらなければ、成し遂げられなかった仕事ですから」

そして今年、パリで開催される万国博覧会には、この『真美大観』と共にフランス語版の『Histoire de l'Art du Japon』が海を渡り、出品されている最中だ。

改めて思い返すと、宝物調査の旅は、一眞にとって大きな転換点となっていた。

以前は、人の肖像を撮ることに面白さを感じていなかった。焦点が合うところに椅子を置き、動かずにいてくれれば、シャッターを切るだけの仕事だと思っていたからだ。

しかし、旅を終えてからというもの、人を、風景を、物を撮る時、ただカメラの機能や現像の技術だけを考えるのではない。シャッターを切る瞬間の己の心の内と向き合うようになった。

その一つが『東京百美人』である。

会場となったのは、浅草にある凌雲閣《りょううんかく》、通称「浅草十二階」である。この建物は日蝕の撮影を通じて出会ったバルトンが設計を手掛けていたこともあり、一眞もしばしば訪れていた。

『東京百美人』は、東京で名うての美女百人の写真を展示し、それに投票をするというもので、美女百人を一眞が撮影することとなった。

「百人も美女に会えるとは羨ましい」

揶揄《からか》い半分に言われたのだが、一眞は「美女に会える」ということよりも、「百人を撮れる」ということに大いに心が沸き立った。一人ひとりと向き合いながら、己の内を見つめる。

「どう撮りますか」

いないはずのフェノロサが、ひょろりと後ろに立っているような錯覚を覚えるのだ。

一眞にとって、目の前の美女は救世観音であり、無著であり、不動明王である。この人の中に潜む光をどう写し、抱く影をどう見せるのか。それを考えて臨むと、どんどん人を撮影するのが面白くなっていった。そして、面白がって撮った写真は、やはり見る者にも響いたようで、大盛況となった。

　また、身近な人々を撮影することの楽しみも見つけた。

　ある日、両親の元を訪ねた一眞は、二人が向かい合って穏やかに語らいながら、茶を飲んでいる様を眺めていた。そう言えばこの二人を写真に撮ったことがなかった、と思い至った。そこで写真館に連れ出すと、

「二人、並んでくれないか」

　と促した。二人は戸惑いながらも少し離れて座った。一眞は二人にカメラを向ける。しかし緊張する二人からは、先の長閑《のどか》な空気が消えている。

「いや……もっと近く」

　もっと近く、もっと近くと言われ、両親は戸惑いながらも近づいた。

「お前、これ以上は無理だよ」

　互いの頭がぶつかるほど近づいて、夫婦は思わず笑っていた。これだ、と思って、一眞はシャッターを切った。

　年輪を重ね、皺《しわ》だらけの老親二人の姿は、美女たちとはまた違う、趣ある肖像となっていた。ちょうどその頃、妻の市子を亡くしていた一眞にとって、共に連れ添うことができなかった惜別《せきべつ》の想いもあった。

「老夫婦」と題したその写真を、日蝕撮影以来親交を深めてきたバルトンは激賞し、米国の雑誌『フォトグラフィック・ビュレテン』に、「日本の写真家」と題して小川一眞について こう寄稿していた。

「小川は自らの行う仕事に誇りを持っている。勇気と不屈の精神を持った男だ。芸術に対してひたむきな態度であるし、成功が難しい事態に立ち至っても初心を変えることがない」

これまでも、技術の面において共に切磋琢磨《せっさたくま》してきたバルトンが、芸術という点においても一眞を高く評価してくれたことは、嬉しかった。

そして昨年の八月、長年の友であったバルトンも世を去った。

「寂しくなったなあ……」

独り言《ご》ちていると、ドアの外でノックの音がした。

「はい」

「先生、電報です」

従業員に差し出された電報を受け取った一眞は、それに目を落とす。

「シンビタイカン　キンショウ」

と、書かれていた。

キンショウ……とは何だろうか。するとほどなくして、再び、

「今度はお電話です」

と言われた。電話室で受話器を耳に当てると、

「小川さん、九鬼です」

落ち着いた声は、九鬼のものであった。

「『真美大観』が、パリ万博で金賞を受賞しましたよ。今回、出品した一巻、二巻は貴方の撮った写真ばかりで構成されています。まさに貴方の功績と言っても過言ではない。ありがとうございました」

そこからどう返答をしたのか、一眞はよく覚えていない。

電話を切って自室に戻ってから暫くの間、ソファに腰かけたままぼんやりと空を見つめていた。

かつて、横浜にいた時、内国勧業博覧会で「入賞」したものの、大賞を獲れず、さらなる技術を目指して海を渡った。帰国してから意気揚々と挑戦した日蝕の撮影も天候に阻まれ思うようにいかなかった。次いで東京府工芸品共進会では、二等銀牌に終わった。

そして答えを求めて向かった宝物調査の旅であった。

旅で得たものは、既に一眞の中に揺らがずにあり、それ故にこそ他からの評価をとりわけ追い求めていたわけではない。しかし、自らが撮った写真が、遠く異国の地において人々の心を動かしたのだということが、じんわりと胸に広がっていく。

一眞はふと、窓を見た。

そこには外の風景ではなく、何とも晴れやかな顔をした己が映っていた。

ここまでの人生、全てが順調だったわけではない。乾板開発は未だその途上にあり、度々、事業を失敗したこともある。妻に先立たれ、友を亡くし、時に「山師」と誹謗されたこともあった。

それでも光を求めて歩んできた道の後ろには、影も射す。その影を表すように、己の顔には皺もあるが、それもまた良い陰影を象っているように見えた。

一眞は己の顔に向かって指でフレームを作ってみる。改めて己を外から見つめたことはなかったが、なるほど画家が自画像を描きたくなる気持ちが分かる。

「いいじゃないか」

迷う時、立ち止まる時、いつもあの秘仏の扉の前の己を思い出す。

「どう撮りますか」

問いかけたフェノロサを思い出す。

光を探すと共に、そこにある影も見つめ、己のＩＤＥＡを探した。そしてその旅はこれから先も続いていくであろう。

「一生、飽きることはなさそうだ……」

一眞はあの旅の終わりと同じ言葉を呟いた。

矜持《きょうじ》の行方《ゆくえ》

開かれた縁《えん》からは夏の日が射していた。蟬《せみ》の声が降り注ぎ、じっとしていても額から汗が滴《したた》って来る。先ほどから、柱に掛かる時計が、カチカチカチ……と、規則的な音を立て、蟬の声と少しずつずれているのが耳に障る。

明治十四年、夏。

三田にある福澤諭吉《ふくざわゆきち》邸の畳敷きの広間には、舶来《はくらい》のカーペットが敷かれ、マホガニーのテーブルに天鵞絨《ビロード》張のソファが置かれていた。

そのソファに腰かけた三十歳の九鬼隆一《くきりゅういち》は、汗の滴《しずく》が頰を伝い、膝の上に置いた拳の上にぽたりと落ちるのを感じた。

「それで、君はどう思う」

向き合って座る恩師、福澤諭吉は、気難しい顔でそう問いかけた。隆一は、はあ、と曖《あい》昧《まい》に返事をする。

今、問いかけられていることにどう返答するか。それによって己の命運は大きく変わる予感がした。暑さと緊張が相まって、先ほどから汗は止まらない。師の顔を見ていることもできず、自然、視線は俯《うつむ》いた。

そしてその脳裏には、初めて福澤と出会った時のことが思い返される。

福澤との出会いは、隆一が十五歳の頃のこと。福澤は三十二歳、欧米帰りの俊英として摂津三田《さんだ》藩の藩政改革の為に招かれていた。当時の隆一は、家督を継いだばかりで、福澤の話す藩政のことがよく分かっていたわけではない。ただ、周囲の藩主や家老の悉《ことごと》くが、この男の言うことにしきりに感心している様を見て、この男について行けば大丈夫だ、と、強烈に思ったことを覚えている。

だから幕府が倒れ、新政府が立ち上がった後、二十歳の隆一は、福澤が開いた私塾、慶《けい》應義塾《おうぎじゆく》の門を叩いたのだ。福澤は当時、新政府からの招きを受けていたのだが、自ら政治と距離を置くことを決めていた。代わりに、塾の優秀な若者を官僚として推挙していた。

「九鬼君はなかなかに優秀だ。そういう若者にこそ、新政府で我らの理想実現のために尽力してもらいたい」

隆一も、福澤の推挙を受けて、文部省の役人として新政府に出仕することとなったのだ。

それからおよそ十年の歳月が流れた。

今、隆一は文部省の役人をしている。

「文部省の九鬼というより、最早、九鬼の文部省であろう」

政府内でもそう言われるほどになっていた。その理由は、多忙な文部卿に代わり、隆一が実務の大半を担って来たからである。

隆一自身、そうして務めを果たすうち、次第に野心も芽生えて来た。いずれは、文部省の頂《いただき》を極め、文部行政を一手に引き受けるようになりたいと思っていたのだ。

しかし今、その風向きが怪しい。

これまで新政府を主導してきた大久保利通が暗殺されてから三年。以後、新政府をけん引してきた内務省の伊藤博文と大蔵省の大隈重信が対立していた。

二人は元より、国造りの根本的な考えが異なっていた。伊藤博文は天皇を君主とした立憲君主制を強く望み、大隈重信は国民を主体とした議院内閣制を望んだ。それは、憲法や国会の在り方をはじめ、大小様々な対立を生み、次第に大きなうねりとなって政府全体が二派に分かれようとしていたのだ。

福澤は予《かね》て大隈と懇意であり、政策の相談にも乗っていた。そのため、慶應義塾出身の官僚たちは、大隈派が大半だ。

「伊藤さんの意見を容れれば、相変わらず薩長土肥の藩閥政治が続いてしまう。この国が、真に列強と肩を並べていくには、国民全体が新しい国に参加しなければならない」

福澤は静かな声音ながらも、熱く語る。

しかし、隆一はその福澤の意見にもろ手を挙げて賛同とは言い切れない。何せ「九鬼の文部省」とまで言われるほど、政府に深く関わるようになり、自然、伊藤派との間にも縁が生まれ、伊藤派の話も耳にする。

「大隈さんの案は、あからさまに薩長土肥を叩くこととなる。西南戦争から四年余り……また内戦となったら、早晩この大日本帝国は崩れ、列強の餌食《えじき》となる」

隆一としては、伊藤の話も分かる。福澤の話は、理想ではあろうが、現状にはそぐわないように思えるのだ。

そして今、目の前の師は隆一に対して「どう思う」と問いかけている。それは、意見を聞きたいというよりも、「お前はどうする」という意味なのだと考えていいだろう。

隆一はゆっくりと顔を上げた。

向き合う福澤の眉間には、深い皺が刻まれている。隆一は、出された茶を一口飲んでから、背筋を正した。

「どう……と、おっしゃいますと、昨今の大隈閣下と伊藤閣下のご意見についてでしょうか」

「まあ、それもある。或いは、全く違う考えがあるというのなら知りたいものだ」

「今の私にとっては、文部省の役目を果たすことが重要です。憲法や国会の有り様については、先生をはじめ、皆様のご意見を拝聴するのみです」

福澤は、やや嘲笑めいた笑みを浮かべた。

「拝聴するのみとは、なかなか上手い言い方だ。私は君が三田藩にいた時分から知っていて、その優秀さも買っていた。しかし、君には大局的な視座がない」

隆一は知らず、膝の上の拳を強く握りしめた。

何故、そこまで言われなければならないのか。

福澤がどれほど俊英で、大隈重信に頼りにされているとはいえ、在野にいる一民間人に過ぎない。政府の内側で、日々、役人として粉骨砕身《ふんこつさいしん》している自分とは、見えている景色も違うだろう。

政府内では「九鬼の文部省」と言われているが、一方で新聞記者連中なぞは、「文部卿は三田にあり」と書いている。文部大輔であった田中不二麻呂《たなかふじまろ》が教育行政や文部行政について、福澤諭吉にお伺いを立てていたことから、揶揄《やゆ》を込めて言われた言葉だ。

しかし田中不二麻呂は昨年、司法卿となった。今、文部省にいる隆一は福澤の言う通りに従っているわけではない。にもかかわらず、福澤は従来通り、己が文部卿のようなつもりでいるのではあるまいか、と苛立ちを覚えてもいた。

「では、先生はどうなさるおつもりなのですか」

隆一は胸の内のざわめきを堪えて問いかけた。福澤は深く吐息しながら、腕を組む。

「政府が大隈さんの意を汲まぬとあれば、政府内にいる塾出身の官僚たちは、皆、辞めるだろう」

隆一は、え、と声を上げて硬直した。

「君のような文部省の要人に抜けられれば、新政府も立ち行くまい。藩閥の連中を重んじ、実務を行う者を軽んじればどうなるか。身をもって知ることになる」

隆一は、ぐっと唾を呑んだ。

それは困る。隆一の中には今、正に文部省でこそやりたいことがあるのだ。

三年前の明治十一年、隆一はパリ万博に派遣された。そこで博覧会副総裁の松方正義と出会い、ヨーロッパの美術やそれにまつわる行政に関心を持った。そして帰国後、松方から紹介されたのが、アーネスト・フェノロサと、通訳を務めている岡倉覚三《おかくらかくぞう》の二人である。

「日本は優れた文化芸術を持ちながら、今は欧米列強に並ぼうとする余り、その核たる精神を失おうとしている」

フェノロサはそう警告していた。フェノロサはアメリカから来日した学者であり、世界の美術行政に詳しかった。通訳を務めている覚三は、隆一よりも十一歳年下で、横浜に生まれ、幼少期には寺で儒学を学ぶ傍《かたわ》ら、異人たちから英語を学んで来ている。そのため東洋と西洋のいずれの文化にも偏見を持つことなく精通していた。その覚三もくり返し隆一に言っていた。

「今も、貴重な仏像や仏画が二束三文で売り払われ、海外に流出しているのです。このまま放置していれば、いずれこの国は、西洋列強の猿真似しかできない、ただの小国に成り下がってしまう」

二人の話から見えて来たのは、知らぬ間に脆弱になっていた日本の文化、芸術の姿だ。新政府が神道国教化のために発布した「神仏判然令」から始まる「廃仏毀釈《はいぶつきしゃく》」は、瞬く間にこの国の歴史ある寺院や仏像をはじめとした文化をなぎ倒していった。明治十年には政策そのものが頓挫《とんざ》したが、一度蹂躙《じゅうりん》されたものを元に戻すのは至難の業である。

隆一はこの「美術行政」ができるのは己しかいないという強烈な自負があった。何せ、薩長土肥の面々は文化や芸術というものへの造詣《ぞうけい》が凡そない。福澤のような知識人たちは、西洋の知識に通じていても、伝統的な日本文化に造詣が深いとはいえない。幼い頃から相応に美に触れ、識見を深め、その上で欧米を見て来た己だからこそ、危機を察することができる。自惚《うぬぼ》れであろうともそう信じていた。

しかし今、その志の全てを、福澤の理念実現の為に放棄しろというのは、横暴に思われた。

「私は……文部省を辞めることはできません」

隆一は絞り出すように言った。その言葉を聞いた福澤は、あからさまに不機嫌な顔をして、隆一を真っすぐに睨んだ。

そして言った。

「君に矜持《きょうじ》はないのかね」

その声は低く隆一の肚に響き、言葉の重さと共に隆一を揺さぶる。福澤は黙る隆一を呆れたように眺め、吐息した。

「今が、この国の百年の分かれ道になる。君もその岐路《きろ》にいながら日和見《ひよりみ》になるのは、偏《ひとえ》に君が今ある地位を手放したくないからではないのかね」

隆一はカッと頭に血が上るのを覚え、思わず身を乗り出した。

「三田の文部卿とも言われる先生のお言葉とも思えません。今、文部省が司るところの文化とて、分かれ道なのです」

しかし、福澤は目を閉じたまま、深いため息をつき、静かに首を横に振る。

「私は、民が自らの力で国を築き上げることができれば、自ずとそこには文化が生まれると信じている。まずは、独立自尊の国民を育てることこそが、文化の発展でもあろう。古いものを守ることだけが文化ではない」

福澤の言うことは一理あるのかもしれない。しかし、今、正に失われようとしているものを留めるには、一刻を争うのだ。隆一は隆一なりに「列強に負けない国造り」を考えている。

「先生は独立自尊こそ大切だとおっしゃった。私は先生の生徒でもありますが、同時に一人の人格でもあります。先生のご意見全てに賛同するとあれば、それこそ先生の傀儡《かいらい》ではありませんか。私は今、己の使命を果たそうとしている。それを、地位を手放したくない、日和見だと言われるのであれば、仰せの通りとしか申せません」

地位を手放したくないというのは、図星でもある。だが、その何が悪いというのか。

福澤のように自説を曲げず、日に背を向けて逆らうことが必ずしも正しいとは思わない。日和見だろうとも、為すべきことを為せる力がなければ、ただの負け犬の遠吠えだ。

隆一は腹に力を込めて立ち上がると、福澤を見下ろした。

「私にも矜持はあります。ただ、残念ながら先生とは異なるところにそれは在るのです」

そのまま廊下を足早にわたり、玄関を出た。振り返りながら、悔しさに歯嚙みする。

東京に出てきてから、この福澤邸は隆一にとって心躍る場であった。同世代の者と意見を戦わせるのも、新しい出会いも学びもここにあった。それが、こんな形で失われることになるとは思いもしなかった。

それから二月も経たぬ十月十二日の未明。

三大臣と薩長閥の参議によって開かれた御前会議において、大隈重信は突如として参議の座を追われ、失脚。それに呼応する形で、福澤率いる慶應義塾出身者たちは辞表を叩きつけ、役所を去った。

隆一はそれでも尚、文部省に残った。

その大隈失脚劇の裏には、大隈、福澤らの動きを伊藤派に密告していた隆一の存在があったと、実《まこと》しやかに囁《ささや》かれた。

隆一にしてみれば、福澤と袂《たもと》を分かった以上、官海を泳ぎきるには、どうしても後ろ盾が必要となる。藩閥をもたない隆一にとっては、伊藤にすり寄るしか方法がなかった。若干の後ろめたさもあったが、

「さりとて、福澤さんが頑固なのが悪い」

という怒りに似た開き直りもあった。

慶應義塾出身者は怒り、福澤もまた、

「彼は地位にしがみつき、仲間さえも裏切る、賤丈夫《せんじょうふ》である」

と評したと言う。

「いずれ分かってもらえる」

ここで袂を分かったとて、いずれ隆一が己の役目を全うした暁には、福澤とは和解できると思っていた。

しかし、そこまでして守った文部省の役人としての立場は、ほどなくして揺らぎ始めた。

新たに文部卿となった大木喬任《おおきたかとう》は、隆一のことを、

「九鬼は政変に際して、師である福澤諭吉を裏切った男だ。信頼に値しない」

と言ったのだ。「九鬼の文部省」とまで言われるほど、隆一に集中していた文部省内での力は、急速に失われていった。そして、西洋化推進の流れに圧《お》されるように、隆一は文部省を追われることとなる。

「君には特命全権公使として、ワシントンに行ってもらおうと思っているんだ」

伊藤博文からの話に、隆一は戸惑った。

「私は、文化や芸術に携わる行政をしたいと、常々、申し上げているじゃありませんか」

「いや、君の言う通り、日本の宝と言うべき仏像や絵が米国に流出しているんだ。それを

留めるということも、役目の一つだと思う」

確かに、米国には数多くの日本美術コレクターがいて、旧公家や旧大名家から流出した絵画や、寺の仏像が安値で買い集められていた。それならば、公使としての仕事も、未来の文部大臣への一足になるはずだ。

「ついては、身辺のこと……きちんと夫人を迎えておくように。米国はキリスト教徒の国だ。一夫一婦が基本で、婚外子などもってのほか。公式な場にも妻を同伴するのだからね」

伊藤に揶揄《からかい》半分に言われた。

そう言われるのも無理はない。何せ、隆一は「情人の数なら、大臣にも勝る」と言われるほど、漁色家であった。元々、綾部藩の家老の娘を妻として、息子もあったのだが、既に離縁していた。芸者であった波津子《はつこ》を落籍《らくせき》し、兄の養女として内縁関係にあったが、未だ正式な妻ではなかった。

これを機に、既に間に二人の子もある波津子を、改めて妻に迎えようと考えた。しかし波津子は当初、それを拒んだ。もしも赴任となれば、幼い子は親族に預けて置いていくことになる。

「子らと離れるのも不安ですし、まして異国など……荷が勝ちすぎます」

それでも他に妻を迎える気がなかった隆一は、遂には、

「来いと言っているのだから、来い」

と、半ば強制して、妻に迎えた。
十五歳で花柳界に入り、すぐさま隆一に落籍された波津子はこの時、まだ二十三歳。西洋式の礼儀作法に英会話、ダンス……と、せめて公使夫人としての体裁を保てるように、連日、夜遅くまで家庭教師たちに叩き込まれていた。元より踊りが得意だったので、ドレスでの身のこなしも滑らかで、耳も良かったのか、英語での挨拶も流暢《りゅうちょう》であった。

そして赴任を前に、夫婦揃って天皇皇后両陛下への謁見《えっけん》をすることとなった。

隆一は、かつて文部省で教育について天皇陛下の御前に召され講じたことがあったが、こうして夫婦そろって拝謁する日が来ようとは思っていなかった。これ以上ない栄誉に、隆一はいつになく緊張していたが、波津子もまた、仕立てたばかりのドレスを着て、小さく震えていた。

「よくよく励むよう」

天皇陛下の玉言を聞き、それだけで胸が一杯になった。

西洋のキリスト教の信者たちが、教会で神に結婚を誓うのにも似て、隆一は、波津子を妻として終生共にする決意を新たにしたのだ。

米国に着いた隆一は美しい妻を伴い、首都ワシントンの社交界に堂々と乗り込んだ。現地の新聞には「マダム九鬼は、数多《あまた》の日本人女性よりも容姿端麗であり、声も美しい」と絶賛された。隆一としては大満足の門出であった。

「ここから新たに進んで行こう」

ワシントンの公使館では、日本画の掛け軸、数百幅を飾り、米国の要人たちにも披露した。すると、「日本公使館はさながらミュージアムのようだ」と評された。

日本の文化的な地位向上を図り、現在活躍する画家たちの作品にも関心を持ってもらう。いわゆる「辺境の遺物」として、仏像や宝物が売り払われることを防いで、日本の現代美術の市場開拓を目指した。

「三年の任期を無事に終えた暁《あかつき》には、再び本国で実績を積み上げ、文部大臣となる」

それが隆一の願いであった。

こうして踏み出した特命全権公使としての第一歩が、やがて曲がりくねった迷い道に繋がっているとは、その時は思いもしなかったのだ。

○

「九鬼さん」

声を掛けられて顔を上げると、そこにフェノロサが立っていた。

明治二十一年、六月。

法隆寺の境内で、床几《しょうぎ》に腰かけていた隆一は、ここ数日の疲れから転寝《うたたね》をしていたらしい。

「お疲れですか」

流暢な日本語で問われ、隆一は苦笑する。

「いや……大丈夫です。先生も先日は、講演をありがとうございました」

フェノロサは数日前、奈良の浄教寺《じょうきょうじ》において、一般の奈良の人々に向けて、講演を行った。

「奈良は宗教と美術において最も重要な地。日本のみならず、アジアの中心は奈良にあると言っても過言ではない」

その言葉に、集まった聴衆五百人余りは、自らの故郷への誇りを新たにした。また、今回の旅の同行者である記者たちも、感動した様子であった。

「私も、誇らしい思いで聞いていました」

隆一の言葉にフェノロサは屈託なく笑った。

「思ったことを語っただけですよ」

そしてフェノロサは、視線を覚三の方へと向ける。相変わらず覚三は夢殿の前で、僧侶たちと話し合っていた。

「これから愈々《いよいよ》、夢殿の観音像です」

フェノロサは嬉々として言い、目を輝かせながら隆一を振り返る。

「貴方に見ていただきたかった。覚三もそう言っていました」

隆一が米国の特命全権公使としてワシントンに駐在していた昨年のこと。覚三とフェノロサが訪ねて来た。欧州の美術を視察し、その後、フェノロサの故郷である米国で、美術館や美術学校などを見て来たという。そして、その時にこの秘仏の話になった。「ぜひ、閣下にも見て欲しい」と、繰り返し、目を輝かせて熱く語っていた。覚三の熱に圧されるように、隆一は帰国するなりこの旅の支度にとりかかることとなったのだ。

「覚三は実に面白い。そして、頼りにもなります」

フェノロサの言葉に、隆一はやや苦笑した。するとフェノロサはふと思い出したように手を打った。

「ああ、マダム九鬼はお元気ですか。ベイビーの御祝に伺って以来、ご無沙汰ですが……」

その不意の問いに、隆一はびくり、と体を固くする。そしてすぐさま愛想笑いを浮かべた。

「え……ええ、達者にしております。乳飲み子の世話で疲れているようですが……」

「それは良かった。アメリカからの帰国の時は、すっかり痩せてしまっていらしたから。やはり、日本に帰って、ホームシックが治ったのですね。良かった」

フェノロサは明るい笑顔で頷いた。そこへ、調査旅行の参加者の一人である外国人コレクターのビゲローがフェノロサを呼んだ。

「Yes, Here……では失礼」

急いでそちらに走っていく後ろ姿を見ながら、隆一は深く深く、ため息をつく。

一月以上の旅の最中、一人の時間が欲しいと思っていたのだが、或いは一人の時間がなかったことが、今の己には救いだったのかもしれない。一人でいると、要らぬ思いが頭の中に蔓延《はびこ》り始める。

「嫌いなのです」

妻、波津子の耳を劈《つんざ》くような甲高い叫び声が、隆一の耳に繰り返し蘇って来る。

妻、波津子は、公使として米国に渡る時、三人目の子を身籠っていた。そして、米国で出産した後、何とか公使夫人としての公務に努めていたのだが、寝付くことが増えていた。

「日本へ帰りたい……」

波津子はさめざめと泣きながら訴えた。しかし任期はまだ残っており、一人で帰すわけにもいかない。何とか転地療養でワシントンを離れ、宥《なだ》めていたのだが、その矢先、波津子は四人目を妊娠した。

「早く私を、日本へ帰して下さいまし」

波津子はますます心弱くなり、隆一は多忙の合間に波津子を宥めるのが日課となっていた。

米国の医師は、波津子の容態を心の病だと言った。

「出産も大変でしたし、異国でのカルチャーショックもあるでしょう。これはメンタルへルスの問題で、薬で治るものではありません。むしろマダムの望み通り、国へ帰して差し上げるべきかもしれません」

しかし、日本への道のりは、西海岸まで汽車で一月半、更に船で太平洋を横断して一月半。計三か月の長旅だ。言葉も不自由で身重の波津子と、乳飲み子の三郎《さぶろう》を、女中だけつけて送り返すわけにはいかない。

そんな時である。

「閣下、お久しぶりです。ヨーロッパから帰国する前に、折角なのでご挨拶を」

訪ねて来たのは、岡倉覚三であった。フェノロサと共にヨーロッパの美術を調査していた覚三は、アメリカにも立ち寄ったという。

久しぶりの懐かしい顔に隆一も嬉しかった。ただ、覚三の振る舞いには気がかりなところもあった。

隆一は西洋列強に軽んじられることのないよう、常に洋装を心がけ、社交界においては燕尾服を着るのが常となっていた。しかし覚三は、ヨーロッパでもアメリカでも和装を貫いていた。公使館を訪れたアメリカ人は、

「いやあ、エキゾチックな衣装で素晴らしい」

と誉めそやすが、それが本心とは言えない。

「あれは揶揄しているのだ。君も少しは西洋列強に舐められぬように気を配りたまえ」

隆一の言葉に、覚三は首を傾げる。

「愚弄し、軽んじる人というのは、何をしていたとて、この東洋人の顔がついている限り、変わりはしません。私が私であることに文句がある者には言わせておけば良いのです」

ははは、と軽快に笑う。覚三の言う通りかもしれない。だが、国としての威厳を保つために日々努めている、こちらの立場を分かってくれと、言いたくもなった。

その一方で、覚三が和装で堂々と振る舞い、異人たち相手に美術論を戦わせている様を見ると、胸がすいたのも事実だ。

「ともかくも一刻も早く閣下には帰って来て頂きたい。共に古物の調査をしたいし、何より秘仏を見せたいのです」

そして帰国の支度をする覚三を見て、隆一ははたと気付いた。

「波津子と三郎を、日本に連れて帰ってくれないか」

「それは構いませんが……閣下の任期もあと一月半くらいでは」

覚三の問いも尤《もっと》もである。しかし残り少ない任期のうちに、日米不平等条約の改正などに向けて、片付けなければならない仕事は山積みである。多忙の最中、帰りたがる波津子を宥めることに、隆一は疲れ果てていた。先に帰すことができるなら、そうしたかった。

「分かりました。お引き受けしましょう。フェノロサ夫人もいるし、奥様も安心でしょう」

覚三の快諾を受け、幼い三郎を連れた身重の波津子はワシントンを発った。

覚三から波津子と三郎が無事に横浜に着いた知らせを受けた時には、隆一自身も既に、ワシントンから日本への帰途にあった。おかげでその後の船旅を楽しむゆとりもあった。

帰国した後、波津子は無事に男の子、周造《しゅうぞう》を産んだ。

「これで一安心だ」

波津子が米国で病みついてから、公務と同じくらい、波津子に翻弄されていた。しかし無事に帰国し、お産を終えて、ようやく落ち着くことができる。

後は、着々と己の仕事をするだけだと、隆一は決意を新たにしていた。

そしてこの宝物調査の旅への出立を控えた四月末のこと。

「ここからだ」

隆一は、自らを鼓舞するように呟きながら、自邸の居間にて、米国に持参していた掛軸を広げて眺めながら、ウィスキーを飲んでいた。

「君に矜持はないのかね」

福澤諭吉と袂を分かった時に言われた言葉だ。心が凍るような痛みと、次いで湧き上がった言い得ぬ怒りを、今もまだ覚えている。

「私の矜持はここにある」

米国で公使をしてきたからこそ、この国が誇るべきものが歴史によって培《つちか》われてきた「文化」「芸術」にこそあると確信している。そして、フェノロサと覚三がいれば、この事業は必ず成功させることができる。そうすればきっと、福澤と袂を分かったことも意味があったと、人々は認めるだろう。

その時、パタパタと廊下を渡ってくる軽い足音がした。見ると、浴衣姿の波津子がいた。

「ああ、波津子。起きていて大丈夫なのか」

産後の肥立ちが芳《かんば》しくなく、寝付くことが増えていた波津子であったが、ワシントンにいた時よりは、顔色も良くなっていた。

「はい……来週から、岡倉さんとフェノロサさんとご一緒に、近畿を回られるとか……」

「ああそうだ。君も彼らには世話になったな。伝えたいことがあれば伝えておこう」

隆一が言うと、波津子はひたと隆一を見据えた。波津子の双眸《そうぼう》は、さながらビー玉のように輝き、大人の女性と言うよりも、童女の瞳のようにも見える。そして首を小さく傾げると、歌うように口を開いた。

「私、岡倉さんが好きです」

隆一は、咄嗟《とっさ》に波津子が何を言い出したのか分からなかった。やがて、その言葉の意味を飲み込み、ああ、と頷いた。

「ああ、変わり者だが親切だ。君も、帰国の旅では大層世話になっただろう」

「ええ……私、岡倉さんをお慕いしています。だから貴方と離縁したいのです」

隆一は知らず息を止めていた。次いで、息を吐いた瞬間、は、と声が出た。狼狽《うろた》えていることを誤魔化すように、隆一は、ははは、と声を立てて笑った。

「どうした波津子。何があった」

「何も……ただ、岡倉さんが好きなのです」

つい先ほどまで、宝物調査の旅に出ることに高揚していた気持ちが、ぐらぐらと揺れる。声を荒らげたい気持ちもあったが、米国で、医師に言われた言葉を思い出す。

「マダム九鬼は、心を病んでおられます。努めて冷静に、穏やかに接して下さい」

穏やかに、穏やかに……と、自らに念じつつ、儚《はかな》げな波津子を見やる。

この人は病んでいるのだ。

長い船旅で一緒だったとはいえ、波津子は身重で、女中が常に傍らにいた。フェノロサ夫妻も一緒だった。つい先日も覚三と会ったが、後ろめたさや気まずさを感じさせなかった。あの男は変わり者だが、嘘や隠し事ができる性質ではない。

不貞があった……とは考えたくない。

「とりあえず、落ち着こう」

隆一は、波津子に手を差し伸べて、ソファに座らせようとする。しかし波津子は隆一の その手を払いのけ、後退りながら睨んだ。

「貴方は、私が貴方の仰せをよく聞き、異を唱えず、子を産んでいればいいとお思いです。でも私は貴方の人形ではない。私には私の心がある。誇りがある」

波津子は次第に己の言葉に酔うように、肩で息をしながら目を見開いた。

「私は……貴方が嫌いなのです」

最後の声は絶叫となって屋敷の中に響いた。哄笑《こうしょう》しながら涙を流す波津子の前で、隆一は為す術もなく立ち尽くしていた。


それが、宝物調査の旅の出立十日前のことである。

そして今、隆一は、妻、波津子が「お慕いしている」岡倉覚三と共に、一月余りの旅をしているのだ。我ながらよくここまで、平静を装うことが出来ていると思う。

それでも道中、何度か覚三に、波津子とのことを問い質《ただ》してみようかと思った。

もしも覚三が波津子に手を出したと言うのなら、怒ることもできる。しかしこれが波津子の片恋なのだとしたら、夫である自分がただ恥をかくことになる。それは妻に裏切られる以上に耐えがたい。

波津子の恋情を、覚三は知っているのだろうか。もし知っているとしたら、今この時も、内心で自分を嘲笑っているのではあるまいか……。

しかし、この旅が始まってから、覚三の態度は以前と変わりないように思える。嬉々として美術学校の話などを投げかけ、隆一への敬意を損なう様子はない。

そもそも、波津子の言葉は病んだ人の空言だと嗤《わら》うこともできる。

しかし、波津子の眼差しと叫びは、抜けぬ棘《とげ》のように隆一に真っすぐに刺さっていて、覚三の姿が見える度に、心はざわめいていた。

今か今かと、秘仏の扉が開かれるのを待つ人々の後ろに立ち、隆一は暫《しば》し、忘我したように空を見上げていた。夢殿の上にたなびく白い雲を見て、ああ……さながら天女の羽衣のようだ、と思い、己の陳腐な夢想に苦笑する。覚三ならば、もっと違うことを思いつくのだろうか、と思い、チリリと、嫉妬で胸が痛む。

「さあ、みなさんこちらへ」

覚三の声に我に返る。

記者や役人、学者に芸術家……皆、覚三に導かれるままに法隆寺の夢殿へと足を進める。

隆一がその後ろをゆっくりと歩いて行くと、覚三が傍らに駆け寄った。

「閣下にこそ間近で拝して頂きたいので、早くこちらへ」

隆一は覚三に押し出されるように厨子の前に立った。

言い知れぬ緊迫感が漂う堂内で、誰ともなしに無口になる。目の前の黒い厨子に、光の全てが吸い込まれて、より一層、深い闇が広がっていくように感じられた。

隆一は思わず固唾《かたず》を呑む。

秘仏は秘仏のままでいい。開かぬ方が良い扉もある。隆一の中には、数多の葛藤が渦を巻いていて、眩暈《めまい》にも似た感覚に襲われていた。

ゆっくりと扉が開かれる。

そこには、何とも言えぬ不可解な笑みを湛《たた》えた菩薩が立っていた。その身の描く曲線は、女のようでもあり、男のようでもある。いずれとも見える人ならざる何かであった。

その時、

「撮ります」

と、写真師の小川一眞《おがわかずまさ》の声がして、辺りをパッと眩《まばゆ》い光が照らした。マグネシウムリボンを焚《た》いたのだ。

隈なく辺りを照らす光の中で、隆一は真っすぐに菩薩像と対峙した。

慈しみ深いとも、柔らかいとも言い難い顔だ。その眼差しの先では、肚の奥底に蟠《わだかま》っている黒い塊が、露わになるような心地がした。幾つもの糸が絡み合い、己を縊《くび》ろうとしている。仏の微笑は、黒い塊に怯える己を嘲笑っているかに見え、慚愧《ざんき》の念が襲い来る。畏れよりも怖れが、隆一の中に湧き起こってきた。

これを、美しいというフェノロサや覚三の心がまるで分からない。

これは……恐ろしいものだ。

「開かぬ方が良かった……」

誰にも聞こえぬほどの小さな声で、隆一は思わず呟いていた。

○

柱時計が時を告げる音が響いた。

隆一は自邸の応接間に入った。

「万寿《ます》、待たせたな」

ソファには、夏らしい単衣《ひとえ》の小紋を着て、古風な日本髪を結った女性がいた。下見万寿は他家へ嫁いだ隆一の妹である。

明治二十九年、八月。

向かいに座った兄、隆一を見て、万寿は、ほうっとため息をつく。

「相変わらずお忙しいご様子で」

すまん、と言いつつ、隆一は女中の出した茶に手を伸ばす。万寿はその女中をじっと見送ってから、手巾《ハンカチ》で口元を覆って眉を寄せる。

「また、女中が変わりましたか」

「ああ、それはまあ」

隆一は曖昧に頷いてから、身を乗り出す。

「それで、様子はどうだった」

「相変わらずですよ。波津子さんは、お兄様には会いたくないそうです」

波津子は今、九鬼邸に住んでいない。

八年前、近畿宝物調査の旅から帰った隆一を待っていたのは、相変わらず覚三に恋焦がれている波津子であった。

「離縁してください」

米国で「帰国したい」と言い募った時と同じように、今度は「離縁したい」と繰り返した。ひとまずは小石川にある九鬼の母、豊《とよ》の元に預けることとしたのだが、波津子はそこから遁走《とんそう》する。

「波津子がいなくなった。探してくれ」

隆一は恥を忍んで、友人、知人らに捜索を依頼した。散々、探し回ったところ、見つかったのは根岸の旅館であった。

「岡倉さんが中根岸にお住まいだから……」

それが波津子がこの旅館を選んだ理由であった。

折しも、隆一は帝国博物館総長となり、覚三が美術学校の開校に尽力し、共に文化行政に尽力している最中のことである。覚三は、波津子の恋情を知って、当初は戸惑った様子であった。

「どうか誤解なさらないで頂きたい」

否定する覚三を見て、隆一はどういうわけか却《かえ》って傷ついた。己の妻が、片恋で振られる様は、己まで拒まれたように思えたのだ。自分でもこの情動の意味は分からない。だが、分かっているのは、覚三と引き離そうとするほどに、波津子は思いを募らせ、心を病んでいくということである。

「あれは病んでいるので、君にも迷惑をかけるだろうが、時折、見舞ってやってくれ」

いっそ覚三と引き合わせてしまった方が、思いが醒めて、波津子も正気に戻るのではないか。そして、妻として、子らの母として九鬼の家に戻ってくるのではないか……。そんな淡い期待があった。

しかし波津子はそれ以後、頑として隆一に会うことを拒んでいた。

「今日は、お兄様の頼みですから伺いましたけどね。最近は私の来訪もお厭《いと》いですよ」

万寿はため息交じりに言う。隆一もまた、そうか、と返事をしながら唇を嚙みしめる。

波津子と別居している間にも、隆一は着々と社会的な地位を固めていた。貴族院議員として政治に携わるようになり、昨年には枢密《すうみつ》顧問官に。今年、遂に、男爵に叙《じょ》せられた。一つ一つ、念願を叶えていった隆一は、あと一歩で文部大臣の椅子が見えるところまで辿り着こうとしていた。

大臣となった時、夫人として隣に立つのは、共に天皇皇后両陛下に謁見をした波津子でなければならない。

それは、隆一の中で譲れなかった。

「全く、どうしてこうなったのか……」

隆一は呻くように言う。万寿は兄の顔をしみじみと眺め、首を傾げる。

「お心当たりがない……などとはおっしゃいますまい」

呆れたような万寿の口ぶりに隆一は顔を上げる。

「私のせいだと言うのかい」

「お兄様のことを悪く言いたくはありません。しかし、以前も申し上げましたけれど、同じ女としては、波津子さんのお気持ちも分からなくはありません」

隆一は苦い顔で、妹から目を背ける。兄嫁からも、母や妹たちからも、波津子の病の件では幾度も苦言を呈されてきた。

波津子が心を病んだのは、米国に滞在中のことであると、隆一は考えている。しかし、そのきっかけとなったのは、それ以前のことだと万寿たちは言うのだ。

「米国に渡られる前、お兄様が女中に手を付けられたでしょう」

丁度、波津子が家庭教師たちと、渡米準備のために慣れぬ勉強をしている最中、隆一は女中の一人に手を出した。これまでにも、漁色家と言われ、情人の数なら大臣にも劣らぬと揶揄されてきた隆一にとって、大したことではないと思っていた。しかし、妻となった波津子にとって、同じ屋根の下にいる女に手を出されるのは、流石《さすが》に苦痛であったろうと言うのだ。

「私に女がいるのは、それ以前からのことだろう」

「波津子さんはあの時、身重でいらしたでしょう。ただでさえあの方は、お産では度々、辛い思いをなさっていたのに……」

波津子は、長女である光子《みつこ》が生まれる以前にも、妊娠したものの、子を亡くした経験が四回もあった。不安を抱えたまま、身重で慣れぬ地に行く時、唯一頼りになるはずの夫に、不信感を抱いていた。その孤独が、波津子を少しずつ蝕《むしば》んでいったのだろう。

そしてそれが、米国からの帰途に遂に心を食いつくしたのかもしれない。

「身重で不安な時、帰りの船旅で優しくしてくれた岡倉さんを好きになった……というのは、人として分からないではありません」

「私との子を身籠っているというのに……」

「その妻を差し置いて、お兄様はいつだって余所にいらしていたじゃありませんか。もしも私でしたら、大人しく心を病んだりせず、早々に家を出ますわ。でも波津子さんは頼れるご実家があるわけではないでしょう」

元々、花柳界から落籍して、隆一の兄の籍から嫁いでいる。実家と言っても隆一の身内と思えば、泣き言も言えまい。

万寿は、ああでも……と、思いついたように言葉を接ぐ。

「私ならば非情な夫に一泡吹かせてやりたいと思うかもしれない。だからこそお相手が、お兄様にとって大切な同志である岡倉さんだったというのも分かる気がしますわ」

身内だからこそか、容赦のない分析である。

「いずれにせよ、いつまでお兄様が待とうとも、波津子さんはきっと戻られませんよ。ご報告はそれだけです」

万寿はそれだけ言い置いて、立ち上がる。そしてふと振り返る。

「先ほどのあの女中、また年若いこと。ほどほどになさいまし」

ふん、と鼻息も荒く出て行った。

万寿に言われるまでもない。波津子が覚三を選んだのは、復讐ではあるまいか……という思いは、隆一の中にもあった。

もしも波津子の想い人が覚三でなかったら、或いは早々に波津子を見捨てることができたかもしれない。つまらない男に片恋をして己を裏切った女など、惜しくもなかっただろう。だが相手は、隆一自身がその才覚を高く評価し、審美眼を頼り、共に大事を成し遂げて来た得難き人材、岡倉覚三である。その覚三に惚れた波津子を否定することは、覚三を見込んだ己をも否定することに繋がるのだ。

両陛下に共に謁見した……というのは、離縁をしない理由の一つではあるが、最大の理由ではない。むしろ、波津子の想い人が覚三であることが、隆一にとって黒い蟠りとなっているのだ。

その後も、波津子からは「離縁してくれ」との書状が何通も届いた。

今や覚三の妻も、波津子と覚三の仲を知っている。先だっては二人の女の間で言い争った挙句、覚三の妻は家を出てしまったらしい。その結果、覚三も堂々と波津子の家に泊まるようになっていた。隆一の子らも、母の元を訪ねているうちに、覚三に懐《なつ》き始めているという。

親族たちからも、「いっそ離縁した方が良い」と、言われていた。しかし、もしもそのまま覚三と波津子が再婚すれば、隆一の立つ瀬はない。

「追々、考えます」

隆一は口先ではそう言っておきながら、考えることも疎ましく、多忙を理由に波津子の件を後回しにしてきた。

事実、隆一は忙しかった。

八月末に、伊藤博文が内閣総理大臣を辞職するという噂があった。しかもその後任には、隆一が懇意にしてきた松方正義が再び総理大臣になるとの話が聞こえて来たのだ。

この第二次松方内閣において、隆一は愈々《いよいよ》、文部大臣になれるのではないかとの淡い期待を抱いていた。第一次内閣の時は、候補の一人として名が挙がりながらも実現できなかった。しかし第一次内閣の時からこれまでの間に、隆一は枢密顧問官となり、男爵位も得た。また、シカゴ万博をはじめ文化行政においての実績も積んできたという自負があった。

「これで松方さんが私を大臣に据えないとあれば、私は松方派から離れ、伊藤派へ行く」

隆一は、これまでと同じく官海を上手く泳いでいこうと思っていたのだ。

そして迎えた九月。やはり大方の予想通り、伊藤博文の後任として、松方正義が総理大臣となることが決まった。

隆一はやや高揚した気分で、帝国議会議事堂近くを通り、麴町の自邸へと向かって歩いていた。

「九鬼さん」

背後から声を掛けられ、振り返るとそこには、以前、近畿宝物調査の旅にも同行していた報知新聞の記者がいた。

「ああ、久しぶりだね」

言いながら、隆一は咄嗟にその名が思い出せない。確か、田川《たがわ》と言ったか……。

「閣僚人事がそろそろ決まりそうですね」

どうやら議事堂辺りで話を聞いて来たらしい。隆一は思わず緊張を覚えた。或いは大臣の内示があるかもしれないという期待もあった。

「しかし福澤さんも根深いですねえ……もう十五年になるというのに」

その言葉に隆一は、え、と言って足を止めた。

「いや……先の松方内閣の時、九鬼さんが文部大臣になるという話があったでしょう。それが流れたのと同じ理由が、今回もまた持ち上がっていると聞きましてね」

田川が語るところによると、松方が第一次内閣を組閣する際、隆一は文部大臣の候補に挙がっていた。しかしそれをいち早く聞きつけた文部省の役人が、松方に苦言した。曰く、

「福澤諭吉先生を裏切った九鬼を大臣に据えたのでは、慶應義塾出身者たちが言うことを聞かない」

と言うのである。福澤は相変わらず文化、教育の行政においては多大な影響力を持ち、文部省の役人には塾出身者が多い。

「……ご存知なかったんですか」

田川は、しまったという顔をした。隆一は己の顔が強張っているのを感じた。しかし、ははは、と笑って見せる。

「私はもう、福澤先生とは和解しているよ。先だっても、交詢社《こうじゅんしゃ》の集まりに顔を出したんだ」

事実、隆一は福澤主催の交詢社の会合に出向いている。ただそれが事務方の手違いで招待状が送られ、福澤が渋々、隆一の参加を許したと言う話を、後日になって耳にしていた。

「まあ、あれですね。福澤先生ご自身というよりも、取り巻きが忖度している部分も大きかろうとは思いますが……」

田川はそこまで言うと、気まずい沈黙を避けるように、忙しなく、

「では失礼」

と、その場を立ち去って行った。

隆一は、その足で自宅に帰ることが出来なかった。

省内の官僚たちの反発が避けられないとなれば、恐らく松方は今回も隆一を大臣には据えないだろう。そして、それは伊藤派に移ったとしても変わるまい。

隆一は人力車を拾い、自宅から遠ざかるように上野に向かった。いつもならば入らぬような粗末な居酒屋に座り、手酌で安酒を飲んだ。こんな風に酒を飲むのは、思えば初めてのことかもしれない。いつも、酒を飲むのは人を接待する時か、女を口説く時だ。己の憂さを晴らすためだけに飲む酒というのは、かくも不味く、視界が揺らぐほどに酔うものかと思う。

どれほど飲んだか分からない。

店を出てから、初秋の夜風を受けて歩く。博物館の総長が、こんな酔いどれで博物館の脇を歩いて良いものかと、常ならば思うだろう。しかし、そんな思考すらも疎ましい。

知らず、足は根岸へと向いていた。そこには、覚三を慕う波津子が住まう屋敷がある。見越しの松の庇門の前に立ち、隆一はため息をつく。そして唇を引き結んで門を潜ると、玄関の戸を力任せに叩いた。

その音に弾かれるように、家の中を小走りする軽い足音がして、戸が開いた。

「お待ちしていました」

満面の笑みを浮かべた波津子であった。隆一は、波津子のそんな笑顔を見たのは初めてで、知らず、目を見開いた。

「……波津子」

しかし波津子の瞳が、目の前にいる隆一の姿をはっきりと映すと、笑顔は瞬く間に凍り付き、表情は消え、顔色が青ざめていく。

「何の御用です」

骨の髄まで冷えるような、硬質な声だった。

「……帰ってこい」

隆一の言葉に、波津子は弾かれたように身を引いて、戸を閉めようとする。隆一はその手を摑んだ。

「放して下さい」

「知っているか。私は男爵位を頂戴し、華族となった。お前は男爵夫人になったんだ。子どもたちも待っている。いい加減、目を覚まして、ちゃんと元に戻ってくれ」

「離縁して下さい。どうぞ他の方にその栄誉をお与え下さい。私は要らない」

半ば叫ぶように言い放つと、自らの手を握る隆一の手を、容赦なく戸に叩きつける。痛みに隆一が手を放すと、そのまま引き戸を閉めて、中から施錠する音がした。そして屋敷の奥へと、逃げるように遠ざかる足音がして、波津子の気配は戸口からまるで消えた。

隆一は戸にもたれかかるように座り、天を仰ぐ。

ああ、先ほど波津子は、覚三が来たと思ったのだ。だから笑顔であったのだ。それが己に向けられたかと思って、浮き立った思いが砕け散る。

「何もかも、台無しだ」

どこで間違えたのだろう。

明治十四年に、福澤の言うなりに官僚を辞めていれば良かったのだろうか。しかしあの時、「九鬼の文部省」とまで言われ、己の前には輝かしい栄光の道が伸びていると信じていたのだ。義理なんぞの為に失いたくなかった。

「私にも矜持はあったんだ……」

呟いた時、いつぞや波津子が言った言葉が蘇る。

「私は、貴方の人形ではない。私には私の心がある。誇りがある」

いつか隆一が福澤に「傀儡ではない、矜持はある」と投げつけた言葉に似ている。敬慕を裏切られた失望と、決別を込めた言葉だ。

裏切り、裏切られ、慕いながらも嫌われ、逃げられ、拒まれる。福澤に、波津子に、覚三に、地位に、仕事に……

ぐるぐると絡んだ糸は、未だに己の中に黒く蟠っている。

その時ふと、あの夢殿の救世《ぐぜ》観音像が脳裏に蘇る。不可解な笑みが、隆一の肚の底を見透かして嗤《わら》っている。

ああ……開かぬ方が良かった。

かつての秘仏の扉を開けた後悔と、今、この戸の向こうの波津子に会ってしまった後悔が、ぐるぐると自らを締め上げていくように感じ、隆一はその場で倒れ込んだ。

それからというもの、隆一はしばしば病に倒れるようになっていった。

○

上野にある料亭、韻松亭《いんしょうてい》にて、隆一は人の訪れを待っていた。

明治三十三年、秋。

座敷の窓からは、紅葉の向こうに、不忍池を望む。この店の名は、初代の博物館館長であった今は亡き町田《まちだ》久成《ひさなり》が、かつての寛永寺の鐘楼近くであるからと、音が松に響く様をして「韻松亭」と名付けたらしい。

隆一は窓近くに寄り、不忍池の周りを行く人々を眺める。この店には幾度か足を運んだことがあったのだが、こんな風に静かに窓の外を眺めたことはなかった。いつも、目の前にいる誰かと、謀《はかりごと》や金の話ばかりをしていたような気がする。

二十一歳で福澤諭吉に推挙されて文部省に入ってから、三十年余り。官海をひたすらに泳いできたが、愈々、その両手両足が重く動かなくなり、ゆっくりと沈んでいくように感じていた。

先の第二次松方内閣で文部大臣の座を逃し、新たに立ち上がった伊藤博文内閣でも大臣の座は得られなかった。ようやっと任命されていたパリ万博の副総裁の座も、病のために思うように働くことができず、免じられた。

隆一の政治への影響力は、著しく落ち、同時に気力も落ち込んだせいか、発作的に体に激痛が走る宿痾《しゅくあ》がひどくなり、仕事もままならぬ日も増えていた。

隆一は、ふうっと深く吐息して窓辺を離れ、改めて座布団に座りなおした。

「お越しになりました」

仲居の声がして座敷の襖が開いた。そこに見慣れた顔があった。

「久しぶりだね、岡倉君。入りたまえ」

岡倉覚三は、はい、と答えると、隆一の向かいに座った。

「閣下、お加減は如何ですか」

隆一の顔をしみじみと見て、問いかける。その相変わらずの直截《ちょくせつ》な物言いに、隆一は半ば苦笑しつつ、安堵もしていた。

「いやあ……思うに任せないよ」

そう言いながら、隆一は銚子を手にする。覚三は盃を取って、酒を受けた。次いで覚三は隆一に酌をし、隆一もそれを一舐めして、膳に置く。

「この度は、閣下にもご迷惑をおかけして」

「閣下は堅苦しいな、九鬼でいい」

覚三は、はい、と頷いて苦笑した。

覚三は一昨年、東京美術学校の校長を辞めた。その理由となったのは、ある怪文書である。美術関係者、新聞雑誌社、美術学校生徒の父兄らに出回ったそれには、覚三について、

「人の妻女を強姦した」

と、記されていた。

その「妻女」とは、言うまでもなく九鬼波津子のことである。波津子と覚三の関係は、傍から見れば、上司の妻との不倫ということになろう。しかし、その内実は単純ではない。

隆一は波津子が覚三に心惹かれているのを知りながら、離縁を望まなかった。むしろ波津子の病を落ち着かせるために、覚三との関係を半ば黙認していた。覚三もまた、隆一から波津子を奪うつもりなど毛頭なく、ましてや強姦などしていない。ただ、覚三は元より堅物ではなく、妻の他にも女はいた。波津子を見舞ううちに情を交わすようになるのも無理はない。

隆一はそのことを知りながらも、覚三との縁を切ることはなかった。隆一にとって覚三は、己の大事を為す上で欠くべからざる存在であり、同時に覚三にとって隆一は、数少ない理解者で後ろ盾であったからだ。

だが世間はそうは思わない。この醜聞は、覚三のみならず隆一も巻き込む騒動になった。事の発端である怪文書をばらまいたのは、美術学校において覚三と対立していた福地復《ふくちふく》

一《いち》であった。覚三の後ろ盾である隆一が政治力を失いつつあることに目をつけ、学校長の座を追い落とそうとしたのだ。

覚三はその時、美術学校の校長であると同時に、帝国博物館の理事でもあった。校長の罷免《ひめん》に先立ち、この怪文書を受けて、博物館内においても、覚三を理事から解任するべきだという声が上がり始めた。

「彼なくして、今日の日本美術はなかった。こんな醜聞で辞めさせるわけにはいかない」

醜聞通りであれば、「妻を強姦された」はずの隆一が、覚三の留任を強く望んだ。しかし、覚三は奔放な振る舞いの多い問題児である。九鬼夫人の一件に限らず、反感を抱いていた者も少なくはなかった。

そして、福地は博物館総長室を訪ね、薄ら笑いを浮かべて隆一に言った。

「九鬼さんがどうお思いかは知りません。しかし、世の趨勢《すうせい》というものがあります。この流れを留めようとすれば、九鬼さんの博物館総長の座も危ういのではありませんか」

確かに覚三には逆風が吹いており、それは隆一の力ではどうすることもできなくなっていた。そして、福地は博物館内の者にも、同じように覚三の追放を唆《そそのか》した。

「岡倉さんには、辞めて頂きましょう」

内部からも詰め寄られ、隆一は、流れに逆らうことができなかった。覚三は隆一の処断を聞いて、悔し気に嘆いた。

「閣下は最後まで、私の味方でいて下さると思っていたのに」

隆一も、

「残念だが、堪《こら》えてくれ」

と、言うしかなかった。やむを得ない決断であった……と、思っていた。

だが、その時にあの福澤諭吉の問いが思い返される。

「君に矜持はないのかね。日和見になるのは、偏に君が今ある地位を手放したくないからではないのかね」

あの時も、文部省での立場を失いたくないからと、恩師を裏切った。そして今また、博物館総長の座を守るために、長年の盟友を裏切った。

「また、裏切り者か」

これまで、官海を上手く泳いできたつもりでいたが、その実、自らの裏切りによって道を狭めて来たという事実を、今は知っている。それなのにまた、同じことを繰り返している自分にほとほと呆れた。

一方の覚三は、美術学校の校長の座を追われながらも逞《たくま》しかった。覚三を慕って、美術学校の教師を辞めた橋本雅邦《はしもとがほう》や横山大観《よこやまたいかん》、菱田春草《ひしだしゅんそう》ら、今をときめく芸術家たちと共に、新たに「日本美術院」を立ち上げた。その出資者は、共に近畿宝物調査にも赴いた米国人コレクターのビゲローや、実業家の大倉喜八郎《おおくらきはちろう》、小説家の幸田露伴や尾崎紅葉など、正に時代をけん引する者たちばかりである。

博物館総長の執務室を訪ねて来た馴染みの記者は、その様をして嘆息した。

「さすがは岡倉覚三と言うべきでしょうなあ」

隆一は総長の椅子に腰かけたまま、何も言わずに自嘲気味に笑った。この椅子にしがみつき、官の役目に固執していた己に引き換え、覚三は何とまあ軽やかに、前へ進んでいくものか……。

記者が帰った後、隆一は執務室の机の上に置かれた『真美大観』に目をやった。これは、近畿宝物調査の旅で小川一眞が撮影した宝物をはじめ、この国の宝と言える仏像、仏画をまとめた一冊である。この編纂には、覚三も尽力し、隆一は序文を書いていた。覚三と共に為した事業の一つであった。

手遊《てすさ》びにその頁を捲っていくと、あの法隆寺夢殿の秘仏、救世観音像が現れた。隆一はそこでふと手を止めた。

あの時、秘仏の扉を開けなければ良かった……と、思った。それは、観音像の眼差しに射抜かれ、己の内に蟠る黒い塊を照らされたように思えたからだ。辛うじて己を保っている矜持が、揺さぶられるようで、怖かった。

しかし今、この写真を見て思い出すあの瞬間は、甘美な陶酔にも似ていたように思う。揺さぶられていたのは「矜持」ではない。その外側を覆うように絡んでいた「執着」ではあるまいか。

隆一はその指先で、救世観音像の写真に触れ、曲線を辿る。

「要らぬものを捨てよう……」

これこそが己の矜持だと信じて来た地位も名誉も、夫としての沽券《こけん》も、全てが己の足枷《あしかせ》となり、頸木《くびき》となり、身も心も動けぬように縛るしかないものならば、いっそいらぬ。

初めてそう思えた。

明治三十三年三月、隆一は自ら、帝国博物館総長を依願免職した。


韻松亭の窓の外を、鳥が声を上げて飛び去って行く。あれは、尾長であろうか……と、隆一は窓の外へ目をやる。

「閣っ……九鬼さんまで、総長を辞めることになるとは……」

向かいに座る覚三は口惜しそうに呟く。この男は恐らく本心から、隆一の退任を惜しんでいる。或いは、この男だけが惜しんでくれているのかもしれない。

「いや、君のせいばかりではない。私は近頃、体調も思わしくなくてね。辞めたことで気が楽になったよ」

隆一はなかなか進まぬ箸《はし》を置いた。このところ、食が進まないのは、心の病と言うやつだ。

「君とは、奇縁だな」

隆一は、向かい合う覚三に思わず零《こぼ》す。覚三は、押し殺した声で、はい、と頷く。

初めて会った十八歳の覚三は、十歳以上年上の隆一に対しても、臆することなく自らの見解を述べ、異人たちとも流暢な英語で語らい、己の識見を持っていた。嫉妬を覚えもしたが、それ以上に魅了されてもいたのだ。

「波津子のことは……世話になったな」

隆一の言葉に、覚三は眉根を寄せ、らしくもなく項垂《うなだ》れる。

「いえ……申し訳ありません」

「いや……うん」

隆一は唸るように頷く。

覚三は、美術学校の校長の座を追われてから、最早、波津子の元に通うのを隠さなくなった。

九鬼の妻と覚三の不貞は最早周知の事実となっていった。遅ればせに知った小川一眞は苦言を呈した。

「貴方にとって九鬼さんは、大事な上司ではありませんか。このようなことを続ければ、九鬼さんとて恥をかく。貴方の奥方とて苦しい思いをする。ともかくもお止めなさい」

至極真っ当な助言をし、覚三に妻との和解をするよう、仲介を名乗り出た。そして覚三はというと、むしろその助言に救いを求めた。

それというのも、覚三と波津子の関係性に変化が表れていたからだ。これまでは密かに会っていたのだが、次第に頻度が増すことになり、二人の足並みはそろわなくなった。波津子の執着は覚三の想像を越えており、次第に覚三が逃げ腰になったのだ。

そして、小川の尽力もあり、覚三は妻と和解すると共に、波津子とは距離を置くようになったのだ。

隆一はそのことを知った時、不思議なことに、

「波津子、可哀想に……」

と、思った。しかし同時に、

「覚三でさえ波津子は手に負えないのだ」

という安堵もあった。

覚三の来訪が途絶えたことで、波津子は愈々、病が篤《あつ》くなっていった。覚三に長い手紙を書くのはまだ良い。最近では、炒ったえんどう豆を丼一杯、抱え込んで部屋に閉じこもり、黙々と食べているという。そうかと思うと、突然、呉服屋を呼んで着物を仕立てて散財し、ひと月分の仕送りを使い果たすこともあった。

「このままでは、お兄様だけではなく、子どもたちも困ったことになります」

万寿にも詰め寄られた。

離縁の話をしようと訪ねたが、波津子は頑として戸を開けようとはしなかった。隆一も、戸をこじ開けることはしなかった。

そして遂にこの八月、離縁の届を出した。

既に、日常の生活も、金の勘定もままならぬ波津子には、万寿をはじめ、隆一の親族が監護者となっていた。

「無事に、離縁を届け出たよ」

隆一の言葉に、覚三は、はい、と低い声で唸るように頷く。最早、隆一と離縁したとて、覚三が波津子と再縁する気など毛頭ないことが、その声でよく分かる。

「波津子さんは、私を好きだったわけではない……と、思います。私を見ているというより、波津子さんの中に描かれた何者かを、私に投影されているようでした」

隆一は、ああ、と低く頷く。それもまた真であろう。そう思ってしまうのは、隆一の中に未だに波津子への未練があるからかもしれない。

「君にも、苦労をかけたな」

覚三のせいで、波津子が壊れたのだと、怨んだこともあった。どうして覚三なのかと、嫉妬で狂いそうになったこともあった。しかし今、波津子との離縁が成ったことで、静穏な心地で覚三と向き合えている。

暫くの沈黙があって、隆一は手元の盃をくいっと飲み干し、それをトンと置いて話題を変えることにした。

「それよりも日本美術院は、順調で何よりだ。今や日本画の本丸と言える。大したものだ。君の才覚と人望の賜物だな」

「ありがとうございます」

決して謙遜をしないのは、覚三らしいと思う。隆一は銚子を傾け、覚三に酒を勧める。

「折角、久々に会ったのだ。懐かしい話でもしようじゃないか。そう……シカゴ万博に行ったのは、七年前のことになるのかな」

隆一が問うと、覚三は、はい、と返事をする。

「懐かしいです」

明治二十六年のシカゴ万博では、覚三と隆一は共に、「列強と競うのではなく、日本らしさとは何かを見せよう」と、決めていた。日本館は平等院鳳凰堂《びょうどういんほうおうどう》を模したものを建て、覚三が育てた日本画家たちの作品を展示。更に、工芸品も展示することで、新たに「美術」を日本の強みとして主張することに成功した。

「あれは、楽しかったなあ……」

それからも、パリ万博の頃のことや、宝物調査で訪ねた古寺社での思い出や、外国人たちの来訪に手を焼いたことなど、話は尽きない。

「実は私は、夢想していたことがあるんですよ。九鬼さんがいつか首相になって、私が文部大臣になる……そしてこの国を文化立国にするという夢があったんです」

覚三は政治に疎い。藩閥もなく人望も薄い隆一は、文部大臣にすらなれなかったのだ。実際の政界を知っていれば、総理大臣になる目などあるはずがないことは分かる。しかしこの男は、隆一のことを信頼し、ついて来た。だからこそ、この突飛な夢想も、世辞ではなく本心から言っているのだと思う。

「そんな風に私を買っているのは、恐らく君だけだろうな」

隆一は苦笑しながらも、覚三に酒を注いだ。

波津子のことがなければ、蟠り一つなく、この年下の友と共に、まだ先を歩んでいけたかもしれないと思うことがある。だが、波津子のことがあればこそ、この男のことを特別な縁だと思うことができるのかもしれない。

「これからどうなさるのですか」

覚三の言葉に、隆一はしばしの沈黙の後、まだ誰にも話していない考えを言った。

「一度、故郷へ帰ってみようかと考えているよ」

「摂津の三田でしたか」

「ああ……暫くは、文を書くなり、絵を描くなりして、ゆっくりしようと思う」

「以前、拝見した達磨絵は見事でした」

隆一が手遊びに描いた達磨絵を、覚三はいたく気に入っていた。

「日本美術院の岡倉先生に褒められるとは、恐悦至極」

大仰に言うと、覚三は、

「止めて下さいよ」

と、笑った。そしてふと、思い出したように顔を上げて、首を傾げた。

「そうだ……あの秘仏、夢殿の救世観音を覚えておられますか」

不意に覚三があの秘仏のことを口にした。

「ああ、覚えている」

対峙した時に湧き起こった数多の想いと共に、隆一の中にあの不可思議な笑みは刻まれている。

「あの宝物調査の旅は、私の中でも楽しかった記憶の一つです。今度はインドに渡り、仏教の根源を辿ってみようと思っているのです」

覚三の目は、かつて秘仏のことを語った時と同じように輝いていた。

窓の外が暮れなずむ。

「そろそろ行こうか。君が先に出てくれ」

世間では覚三と隆一が仲たがいをしている……と思われている。それを否定するのも、理由を語るのも煩わしいので、余り共にいるのを見られぬ方が良いのだ。

「では、お先に失礼致します」

「また、話を聞かせてくれ」

「はい」

覚三が去って暫くして、隆一は韻松亭を出た。

隆一はふと、空を見上げた。

そこに一筋の白い雲があり、ああ天女の羽衣のようだ……と思ってから、その陳腐な発想に苦笑する。

いつぞや、夢殿の上にたなびく雲を見た時も、同じように天女の羽衣を夢想したことがあった。

あの時、隆一の胸には、波津子への苛立ちや、覚三への嫉妬が渦巻いており、陳腐なことを思い立つ己への嫌悪があった。

しかし今、自嘲するように笑いながらも、胸の中に蟠る黒い塊は消えている。その代わり、ぽっかりと空いた穴には、あの秘仏の不可思議な笑みが浮かんでいるのだ。

晒されたくないと足掻いていた己の恥は悉《ことごと》く暴かれ、縋《すが》った絆は断ち切られ、しがみついた地位は奪われた。今やありのままの小さな己しかいない。

あの仏の前には、男も女も、上も下も、全てが剝ぎ取られていく。

今ならば、あの仏の眼差しの前で、怖れを越えて、美しいと思えるのかもしれないと思う。

「君に矜持はないのかね」

脳裏に福澤の声が蘇った。

「矜持はあるとも」

誰にともなく歌うように呟く。

虚飾に満ちた肩書を捨てたとて、隆一なりに文化を、美術を守ろうと歩んできた道は残されている。その道程にこそ矜持はある。今はただ、それだけで良い。

見上げた空に、先ほどまであった天女の羽衣は消えていた。ただ茜色に染まり始めた空が広がるのを見上げ、

「良き哉」

と、芝居めいて呟き、隆一は一人、ゆっくりと上野公園を歩き始めた。

空《くう》の祈り

赤、赤、赤……

目の前に真っ赤な炎が広がる。

はっと目を開けた千早定朝《ちはやじようちよう》は、己が寝床の中にあることに気付いた。

「夢か……」

明治二年、七月の夜半。

四十七歳になる法隆寺の僧、定朝は、己の額を伝う汗を拭う。夏の夜、寝苦しさ故に見たのだろうと思い、枕辺の水差しに手を伸ばした。

定朝は、法隆寺境内に立ち並ぶ子院の一つ、中院《ちゆういん》に住まい、同じくここに住まう寺僧たちを纏《まと》める立場にあった。

水を飲んで一息つき、再び寝床に潜ろうとした時。

「火事でございます」

声は、中庭の方から聞こえた。

「ん、太助《たすけ》か」

定朝は立ち上がる。聞き覚えのある声だと思い、縁の障子を開けた。しかしそこには誰もいない。怪訝《けげん》に思いながら障子を閉じようとして、ふと見上げた空に、もうもうと煙が立ち、空が赤く染まっているのが見えた。

「火事だ」

定朝は叫ぶと共にとるものもとりあえず中院を飛び出した。定朝のただならぬ様子に、中院の他の寺僧たちもその後に続いた。

外に出ると、空が赤く染まっている。赤い方へと目指して走ると、そこには火柱と化した建物が見えた。

「何が、燃えているんだ」

十三歳で出家して以来、三十年以上の歳月をこの法隆寺で過ごしてきた。しかし、見慣れた境内であるにもかかわらず、目の前で何が燃えているのか咄嗟《とっさ》に分からない。気が動転していた。

「か……菅廟《かんびょう》でございます」

傍にいた寺僧の答えに、定朝は眉を寄せる。

「菅廟」

菅原道真を祀った天満宮である。

「ともかく、消さねば」

この火事場に集っているのは皆、定朝と同じように幼い頃からこの寺で修行をしてきた僧たちである。目の前の火事を消そうと、単衣《ひとえ》を煤で真っ黒にしながら、桶の水を運び始めた。しかし、既に火柱となって燃え盛っているものに、水を掛けたところで、火は揺らぎこそすれ消えることはない。

轟々と燃え盛る炎の音は、さながら低い音声で響く読経に似ている。中にある香木が燃えているのか、仄《ほの》かな芳しささえ感じられる。

もはや、燃え尽きるのを待つしかない。

そこに集った僧侶たちはただ燃え盛る炎に向かって手を合わせ、炎の音に合わせるように読経を始めた。定朝もそれに倣う。

朝、空が白み始めた頃になって、火はようやく消し止められた。飛び火があったが、金堂をはじめとした法隆寺の主たる建物は無事であった。

疲れ果てていたが、さりとて戻って寝直す気にもなれず、ただ茫然と焼け跡に佇んでいる。日の光の下で黒く燻《くすぶ》る木片を見ると、そこには明らかに壊された壁や柱が見て取れた。ただの失火ではないことが分かった。

「何故、菅廟が……」

と呟かずにはいられない。その呟きを傍らで聞いたのは、定朝よりも五つ年かさの僧、學榮《がくえい》である。学侶として経典を学ぶ定朝とは異なり、寺の実務に携わる堂方《どうかた》に属していた。頼りになる兄分であり、他の者には言えぬ思いも、話すことができる数少ない友でもあった。

「いつか、こんな日が来るかもしれないと思っていたが」

學榮のうめくような声に、定朝は尚も問いかけた。

「しかし何故、菅廟でしょう。他ならばまだしも」

そう、他ならばまだしも。

その理由は、世に言う「廃仏毀釈」である。

一昨年、王政復古の大号令によって、新政府が樹立した。そして天皇親政を目指す新政府は、天皇を国の頂とする国造りのため、天皇を現人神《あらひとがみ》とする「神道」の国教化を目指していた。

そのために発布されたのが「神仏判然令」であった。

「寺院と神社が一体になっていてはならぬ」

この発令は奈良にとって一大事であった。

長い歴史の中で、神社と寺は緩やかに繋がって来た。神社の中にも寺はあり、寺の中にも社はある。

「俄《にわ》かに分けろと言われてもどうしろと言うのだ」

抵抗し、怒りを表す者もあった。しかし、

「新政府のお達しがあったのだから、従わぬ寺は壊してしまえ」

いわゆる廃仏毀釈の嵐が巻き起こった。本尊である仏像を盗まれ、本堂を焼かれ、壊されるといった事件が相次いだのだ。

「身を守るためには、神社に庇護《ひご》を求めるしかない」

興福寺の僧侶らは、縁の深い春日大社の庇護を受け、僧から神官へと身分を変えた者もいる。

「法隆寺とて危うい」

定朝も案じていた。

幕末の頃から広まり始めた尊攘思想によって、寺僧の中にも、仏教を捨て還俗《げんぞく》するものが少なくなかった。そして今、新たな政府を牛耳っているのは、尊攘派の急先鋒であった薩摩や長州の武士たちだ。寺が壊されることに何の痛みも覚えていないだろう。又、彼らに媚《こび》を売りたい役人たちも、寺を襲う者を取り締まることなどしない。

その最中に起こった、菅廟の火災。

「でも、菅廟はお社や。なんで寺やのうてお社が焼けたん」

誰かが呟く声に、居合わせた皆が、静かに頷く。正にそうなのだ。

菅廟は、平安時代に作られた菅原道真を祀る天満宮である。別名を斑鳩《いかるが》神社と言い、当時の法隆寺の別当が建立した。以来、法隆寺の僧侶によって管理をされてきたのだ。廃仏毀釈で狙われるとしたら、金堂や五重塔であろう。だから僧たちも毎夜、その伽藍《がらん》を中心に見回りをしていた。菅廟はむしろ安全だと思っていた。

「何処《どこ》ぞの物知らずが、寺と社の区別もつかんと、火つけたんやろ」

血気盛んな風情の若い僧が、唾棄《だき》するように言い放つ。それもあろう。世の風向きに煽《あお》られて暴れるような者は、元より事を深く知ろうとしていない。何となく境内に入り、目に入った菅廟を破壊しに来たのだ。

「そうだろうか……」

自らを納得させようと思案した定朝であったが、どうにも引っかかる。

「考えても仕方ない。ともかく少し休もうや」

傍らにいた學榮に促されて、定朝は立ち上がる。

「しかし、火事に気付くのが早かったな」

「火事だと声が掛かったので」

「誰が」

「恐らく……太助でしょう」

太助はよく境内の軒下で夜露を凌いでいる宿無しの中年男で、時折、施餓鬼《せがき》のためのにぎりめしなどをやっていた。その恩返しというのではないが、中院の庭掃除などをしてくれる。名を問うても応えないので、「助けになるから、太助」と定朝は呼んでいた。髭を生やし、月代《さかやき》も伸び切り、草臥《くたび》れた木綿を着ている。

「えらい気が利く男やなあ」

學榮はそう言って、定朝と並んで境内を歩き始めた。ふと眉を顰《ひそ》める。

「また、やられている」

學榮が指さすそこには、牛が繫がれていた。牛は糞尿をしており、悪臭がしていた。はじめは何処ぞの迷い牛かと思ったのだが、どうやら近くの農夫が廃仏毀釈の真似事で、法隆寺への嫌がらせをしているらしい。その証に、夜になると連れ帰って餌を食べさせてから、朝になるとまた境内へ繫ぎ、糞を置いていく。

「子どもじみたことを……それに、牛も知らぬ所に置き去りにされて可哀想に」

定朝が吐息交じりに言う。このところ寺の小僧たちは、手ぬぐいで顔を覆いながら、牛の糞掃除をするのが日課となっていた。

「牛を繫ぐくらいならまだいい。先だっては、墨染めで歩いていたら、石を投げられた者がいるらしい。おぬしも気をつけよ」

學榮はそう言って定朝の肩を叩き、去っていく。學榮の背を見送ってから、定朝はふと境内を見回した。昨晩の火事の延焼はないが、寺の中はかつての華やぎが失われつつある。

定朝は、文政六年に奈良の川原《かわはら》城の旧家の次男として生まれた。石上《いそのかみ》神社の祭主をつとめる名字帯刀を許された「郷士」の家であった。

法隆寺には、幼い頃から度々、父に連れられて法会《ほうえ》に訪れた。色鮮やかな法衣《ほうえ》に身を包んだ僧たちが読経する声を聞き、舞う散華《さんげ》に手を伸ばしてはしゃいでいた記憶がある。

「お前はいずれ、ここで修行をしなさい」

寺との縁を結ぶこともその地で生きていく力を強めたいという父の想いがあったのだろう。当時の定朝にとっては、細かいことは分からない。ただあの華やかな法会の列に入れるのは嬉しく誇らしいことに思えた。

十三歳で法隆寺に修行に出た時、父に言われたことがある。

「法隆寺は日ノ本に仏の教えを広められた聖徳太子所縁《ゆかり》の御寺。ここにお仕えすることは、仏の教えの根を絶やすことなく守り伝えることになる」

親元を離れ、慣れぬ僧衣《そうえ》に身を包み、厳しい修行を耐えてこられたのは、その誇り故である。そして、村の人々もまた信心深く、寺を重んじてくれているのが分かった。一心に仏に仕え、守り伝えることが、己の生涯の役目なのだと信じていた。

それがまさか、こんな形で苦しい時代を迎えることになろうとは、思いもしなかった。

ぼんやりと五重塔を見上げていると、

「定朝様、すぐに興善院《こうぜんいん》の秀延《しゅうえん》様のところにいらしてください」

寺僧の一人が血相を変えて駆け込んできた。

「何事か」

「頼賢《らいけん》様が定朝様を呼ぶようにと……」

ただならぬその寺僧の様子から、定朝は、

「分かった、今参る」

足早に子院の一つ、興善院に向かった。

興善院秀延は、定朝よりも四つ年上で、定朝が法隆寺に入った時、十七歳の秀延は既に法師になっていた。

「いずれは一臈法印《いちろうほういん》となる」

秀延はそう言っていた。一臈法印とは、法隆寺を代表する僧になるということ。修行を積み、学徳を積み、研鑽《けんさん》をしたとてなれるとは限らない。それを、十代のうちから豪語するのを間近に見て、驚きもし、感嘆もした。確かに秀延は、同世代の者の中でも抜きんでて才覚があった。

一方の定朝は、あまり出世に関心がなかった。自ら古書を読んでは法隆寺の歴史を紐解き、法相宗《ほっそう》を学ぶことがただ楽しかった。野心をむき出しにする秀延に対しても、「秀延さんはそういう御方なんやな」と、静かに見ていた。しかし、秀延は定朝のおっとりした態度が気に入らないようであった。

「あいつは、放っておけばいつまでも堂の隅で経典を抱えているだろうなあ」

と嘲笑《わら》われたこともある。それでも余り気にならなかった。

だが秀延の覇気は、定朝以外の若い寺僧たちにとっては魅力であったようだ。秀延の元には多くの弟子が集い、派閥は大きく強くなった。今や法隆寺の重役に就いている。

その秀延の元に頼賢が訪れ、定朝を呼んでいるという。

「一体、何があったんか」

定朝は困惑しながらも興善院に着いた。中に足を踏み入れると、顔色を失った秀延の弟子たちが定朝を迎える。一人が縋《すが》るように定朝に駆け寄った。

「秀延様が菅廟に火つけたというのは、本当でしょうか」

え、という声が漏れた。詳しく聞く間もなく、

「定朝、入れ」

奥の間から声が掛かる。定朝は廊下を進み、襖を開いた。上座には一臈法印にして総代である頼賢がいた。袈裟を纏い、凛《りん》として座るその姿は、威風堂々とした法隆寺の頂《いただき》らしい。しかしその表情は、さながら憤怒を堪《こら》える不動明王のようである。その頼賢の前には、背筋を正して端座する大柄な秀延がいた。

「座れ」

頼賢に促され、定朝は秀延の斜め後ろに遠慮がちに腰を下ろす。暫く重い沈黙が続いていた。定朝は膝の上に置いた拳をぎゅっと握り、改めて秀延の方へ向き直る。

「菅廟を燃やしたんは、秀延さんなのですか」

定朝の直截《ちょくせつ》な問いに、秀延は目を動かすだけで定朝を睨む。頼賢は目を閉じて何も言わない。秀延は大きく息を吸い込んでから、

「左様」

と、答えた。

話によれば、秀延は弟子らと共に菅廟を破却するつもりであった。叩き壊していたところ、期せずして灯明の灯りが燃え移り、火事になったのだという。

「燃やすつもりはなかった。騒がせて済まなかった」

詫びるというよりも、淡々と告げるような口ぶりである。放火ではないが、破却は事実だと認めたのだ。

定朝は答えを求めるように頼賢を見る。頼賢は眉根を寄せる。

「この一点張りや。秀延は法隆寺の重役。それがこのような騒ぎを起こしたとなれば役所が何と言うか……」

頼賢の口ぶりは秀延が自ら破却を先導したとは思っていないようだ。定朝の目にも、秀延は誰かを庇《かば》っているように見えた。

「興善院の誰かなんですか」

秀延は答えない。興善院にいる弟子の暴走を庇っているのか。更に問おうとすると、それを制するように秀延がついと膝を頼賢の方へ進めた。

「私は隠居します」

「秀延さん」

定朝が思わず身を乗り出す。秀延は既に覚悟を決めているらしく、落ち着いた様子である。頼賢は目を見開いて秀延を見据えた。

「いずれ、お前にはこの法隆寺を任せても良いと思っていた。多くの寺僧を纏める力があるし、才覚もある。しかし買いかぶりやったな」

頼賢の口ぶりは静かではあるが、奥底に怒りを閉じ込めたような熱があった。

「法隆寺を背負う言うんは、ただ寺僧を守ることだけやない。ここ今日に至るまでの長い歴史と、その教えを守ることや。近しい寺僧を守るために、道を過《あやま》つ者に任せることはできん。それがよう分かった」

頼賢が秀延に全幅の信頼を寄せていたことが分かる。そしてそれを裏切られたことへの口惜しさが分かる。

「隠居せえ」

頼賢の言葉に秀延は、はい、とだけ答えた。頼賢は眉間《みけん》に深い皺を刻む。本音では弟子の言い訳を待っていたのではないか……と、定朝は思った。しかし頼賢は口を引き結び、さながら秀延との縁を断ち切るように立ち上がる。そして、常にない荒々しい所作で部屋を出て行った。

残された定朝は、改めて兄分でもある秀延に向き直る。

「どうしてこんなことに……」

すると秀延は定朝を見て口の端に笑みを浮かべる。

「何て顔してるんや」

剛毅な秀延らしい、力のある声音である。そして、ふと首を傾げる。

「何が悪い」

「何て……」

「私は今のお上のやりようがどうにも解《げ》せぬ。御国を挙げて天子様を祀《まつ》るて言うなら、用明天皇の皇子であらしゃる聖徳太子所縁の法隆寺は、むしろ仰がねばならぬ。それやのに、襲われても役所は助けもせん。その上、神仏を分けろて……それならいっそ、寺から社を追えばええ。そう言うたんは、確かにこの秀延や」

「確かに新政府とやらは理不尽です。しかし、火を放つんは違う」

定朝が声を荒らげると、秀延は、滑稽だとでも言うように、ははは、と声を立てて笑った。

「お前と私は違う。定朝はこの機に乗じて、法隆寺も変わるべきだと申しておったなあ」

つい先日、定朝は「対法隆寺大衆建白之書」という意見書を書き、秀延に意見をしたばかりであった。

「新しい時代は、決して悪いことばかりやあらしません。これまでの封建的な仕組みを切り替えていく時やと思います」

このまま法隆寺は廃《すた》れていくに任せてはいけない。ただ嘆くばかりではなく、新しい仕組みを作り、時代に応じて変わっていかねばならない。意見書と共にそう語った定朝に、秀延は激怒した。

「長らくの伝統を変えるなどと軽々《けいけい》に言う定朝は、真に不遜極まる」

秀延は意見書の草稿を定朝の目の前で丸めて見せた。さすがの定朝も怒りに震えたが、心底から秀延を嫌うつもりは毛頭なかった。何故なら秀延もまた、法隆寺を守りたいと思っていると信じていたからだ。

こんな形で向き合うことになるとは思わなかった。

「法隆寺は変わらねばならぬ。秀延さんもそう思ってらしたんでしょう。ならば思いは一緒や。それなのに、どうしてこんなにやりようが違ってしまうのか……」

「定朝のやりようでは、法隆寺の力は弱まるばかりや。お前には、法隆寺のあるべき姿が見えていない」

秀延の声が大きく響き、定朝はその目を見返す。秀延の目に口惜しさが滲んでいるように見えた。

奥の間の襖が開いて寺僧が顔を見せる。

「秀延様、金堂へ。役所の者が参ったと」

「今、参る」

秀延が立ち上がると、焚きしめられた香がふわりと香る。興善院を出ていく秀延の背を見ながら、秀延が見ているものに思い巡らせる。

秀延は、かつてこの奈良が、最も栄えていた太古に戻りたいと願っているのかもしれない。そしてそれは、今の政府が目指す先とは真逆なのだ。抗い、戦う覚悟を決めている。

「だが……それではいかん」

抗うほどに、法隆寺の立場は悪くなる。法隆寺が新政府に対して反意があるなどと烙印《らくいん》を押されれば、如何なる罰が下るか分からない。これまでの廃仏毀釈は市中の人々によるものであった。しかし新政府や軍が乗り出して来れば、寺を守ることはできなくなるかもしれない。

時には「諦め」も要る。流れ去るものを留めることは、仏の教えに逆らうことでもある。悔しいが、そう思うしかないのだ。

数日の後、役所から対処を迫られた頼賢は、秀延を隠居させることを正式に決めた。

「定朝も署名せよ」

頼賢に差し出された文書には、厳しく秀延を断罪する文言が重ねられていた。

「法隆寺の恥であり、聖徳太子に対する罪人……ですか」

定朝は思わず頼賢に聞き返す。頼賢は眉間に深い皺を刻んだまま、頷く。

「法隆寺を守るためには、秀延を切らねばならぬ。分かるな」

定朝は大きく息をして筆を持つ。手が震えるのを堪えながら、自らの名をそこに記した。己の手で秀延を隠居させるという重みが、ずしりと圧《の》し掛かるように思えた。

「もっと違う戦い方が……もっと違う守り方があったはずだ」

怒りにも似た口惜しさだけが胸に広がっていた。

中院の縁側に座ると、夜の闇の中で蟬がじじじ、と声を立てた。どこかで短い命を終えた蟬がいたのかもしれないと思い、定朝は手を合わせる。

○

明治五年、八月。菅廟の破却事件から三年の歳月が経ち、定朝は一臈法印、総代となっていた。

秀延の追放から間もなく、法隆寺では、聖徳太子一千二百五十年御忌の法要を大々的に執り行った。

「これだけは無事に終えたかった」

一臈法印にして総代であった頼賢の最後の望みであった。そしてそれを機に、頼賢は自ら地位を退き、後継に定朝を選んだ。

「何故、私が」

定朝は元より秀延に比べて野心もない。古書を紐解き、経文を学ぶことにこそ関心がある学侶《がくりょ》の一人にすぎないと自負していた。

「だからこそだ」

頼賢は言う。

「恐らく私が退けば、秀延が育てた寺僧らが、秀延を呼び戻そうとするだろう。その時に、同じように血気盛んに戦おうとする者が総代では、法隆寺は中から壊れる」

定朝は自らをそこまで清廉な者とは思えない。何も責を負うことなく、ただ法隆寺の持つ膨大な知恵の泉に浸っていたいという我がままを貫いて来たに過ぎないのだ。

「買いかぶられては困ります」

定朝の謙遜にも頼賢は譲らなかった。

「今、この苦境の中で総代となるのは、苦行であろう。酷な話やと思うが、よろしゅう頼む」

そうして頼賢は寺を去ってしまった。

一臈法印として君臨してきた頼賢が去り、新たな総代となった定朝は、役所にとっては御しやすいと思われたのであろう。役所からの圧力は強まった。

手始めに目をつけられたのが、広大な敷地であった。

「法隆寺は広すぎる。大垣《おおがき》を壊し、境内の一部を田畑に変え、村人に与えた方がいい」

しかしここへ来て、廃仏毀釈の嵐の中でじっと身を潜めていた信徒たちが怒りを露わにした。

「我らが信奉してきたものを、愚弄するにも程がある」

先だっては興福寺の五重塔がわずか二十五円で売り払われたと言う話があった。買い手は信心などではなく、その塔に飾られた金属に目が眩んでいたらしい。当初は何とかして引き倒そうとしたが容易ではなく、「いっそ燃やしてしまえ」という話が広まった。すると近隣の者が、「火の粉が飛んだらどうする」と、苦情を言い、辛《かろ》うじて火を放つことは取りやめとなったのだという。

定朝はその話を聞いてほどなくして、久しぶりに参拝に訪れた信徒の老婆に出会った。

「火の粉のことは方便や。私らは興福寺の五重塔も、法隆寺さんの伽藍もみんな好きや。壊されることを黙ってみとるわけにはいかん」

老婆は定朝を見上げ、静かに合掌をして深く頭を垂れた。定朝はそれに応えるべく手を合わせ、胸が熱くなるのを覚えた。

定朝は縁で月を眺めてから、ふと立ち上がろうとした。その時、ガサガサと何かの気配がする。目を凝らすと、中庭の外れにもっさりと一人の人影が現れた。

「誰だ」

問いかけるが名乗らない。ただ、ひょいと目の前に座ったのは、髭を蓄え粗末な身なりをした男、太助であった。

「おお、久しいな。達者であったか」

太助は小さく頷く。

「昨今は寺も貧しくなった故、施餓鬼の粥《かゆ》もろくに配ることもできず、すまないな」

すると首を横に振る。太助はいつも、ほんの少ししか言葉を発さない。

「菅廟の火事の時も知らせてくれて助かった。昨年のことも忝《かたじけな》い。礼を言う」

定朝が頭を下げると、太助は恐縮したように首を横に振った。

昨年のことである。

定朝は珍しく役人たちから宴席に招かれたことがあった。大垣を壊すと言われ、それに抗ってからというもの、定朝としても役所とこれ以上揉めたくはなかった。寺僧たちも役所との対立に疲れており、これで少しは友好的になってくれたらいいと望んでいた。

「ぜひ、話し合って下さい。そして幾ばくかの支援を。さもなくば我らは飢え死にします」

信徒たちからの布施もなく、支援してくれていた商家らも手を引いている。祈りを捧げ、修行をしていたとしても、食い詰めたら心は荒《すさ》む。寺僧たちの中には、こっそり寺の宝物を持ち出して、近くの農家で米と交換したり、金を都合したりした者がいるという。更には冬の寒さに耐えかねて、戸板を剝がして焚きつけたとか、中には経典を焼き払った子院まであった。

正に、貧窮《ひんきゅう》していたのだ。

宴席に向かおうとしていた定朝は、身支度をして私室の障子を閉めかけた。そこに太助が姿を見せた。

「すまぬ、今から出かけるところでな」

すると太助は行く手を阻むように立ち塞がる。何か助けを求めているのかと案じ、

「如何《いかが》した」

と、問いかけた。すると太助は深々と頭を下げた。

「くれぐれも、御酒など召されませぬよう。謀《はかりごと》に御留意を」

ずっと、ただの宿無しの男と思っていたのだが、その口ぶりは相応に身分ある者に思え、定朝はまずそのことに驚いた。次いで、太助の言う「謀」の意味が気になった。

「どういうことか」

「お早くお帰りを」

太助はそれ以上を言わずに立ち去った。

定朝は、幼くして出家したので、およそ酒とは縁がない。出家の身でも酒を好む者はいるが、定朝は手を出さなかった。宴席とはいえ、茶を飲みながら語らえば良いと思っていた。

しかし、敢えて言われると何やら気にかかる。

寺僧二人を伴い、宴席に出向いた定朝は、役所の近くにある料亭に入った。設《しつら》えられた座の奥に座ると、居並ぶ役人たちは何とも言えず、媚《こ》びたような表情で定朝に応対をする。

「ささ、一献」

勧められるも、定朝は先ほどの太助の言葉が気にかかる。

「いえ、お構いなく」

「お近づきの印と」

と迫られる。これを機に役所と和解し、法隆寺の皆の支援のためと思えば飲むべきやもしれない。盃に手を伸ばした時、目の前にいる役人の数人が、微かに目配せをしたのが見えた。

謀に御留意を――という太助の言葉が気にかかり、盃を膳に伏せた。

「今、寺の者たちは苦渋に耐えている最中でございます故、私一人、皆様と酒宴とあっては、示しがつきませぬ。どうぞ私にはお気遣いなく」

白けたとしても飲まぬがよかろうと思った。すると末席の役人が困惑を満面に浮かべ、忙《せわ》しなく立ち上がって座敷の外へ出た。定朝は傍らの年若い寺僧を手招く。

「あの者が何をしに行ったか、少し見て参れ」

定朝の指図に従い、寺僧は頃合いを見計らって
「御手水《おちょうず》へ」

と、席を外した。暫くして戻って来た寺僧の顔色は憤ったように紅潮している。努めて冷静を装いながら、定朝の傍らに座って囁《ささや》いた。

「ここは早めに辞するがよろしいかと」

寺僧の緊張した声音に、定朝は小さく頷く。理由は分からないが、何かを知ったのだろう。定朝は役人たちの他愛もない話に笑顔で相槌を打ちながら、箸に手を伸ばす。青菜のお浸しに口をつけると、うっと腹を押さえた。

「如何なさいました、定朝様」

役人から声がかかる。定朝は呻くように腹を抱えながら、役人を見上げた。

「申し訳ない。俄かにさし込みましてございます。折角の宴に水を差して申し訳ございません が、私はこれにてご無礼を」

定朝は、寺僧に支えられながら立ち上がる。

「いや、しばしお待ちを」

案ずるのではなく、引き留めようとする声に、寺僧の話が真《まこと》であることを察する。

「まだ、料理もございますよ」

更に声が掛かるが、定朝は痛みに耐えるように顔を歪め、寺僧に両脇を抱えられるようにして料亭を出た。外で待っていた人力車に乗ると、法隆寺へと戻る道すがら、寺僧に、

「何があった」

と問うた。

「二間隣の座敷に、役所の者がおりました。定朝様が酒を飲まぬ故、酔わせて大垣取り壊しの同意書への判を押させるのは難しいと言ったのです」

定朝を酔い潰して判を押させ、なしくずしに大垣を壊して境内を接収しようとしたらしい。

「卑劣な……」

唾棄《だき》するように言い、己の声の不穏さに驚いて眉を寄せる。もう少し長居をしていたら、酒を飲まずとも別の方法で判を押させられていたかもしれない。太助が言っていた通り「謀」が確かにあったのだ。

かくして辛うじて法隆寺を守ることができた。それは偏《ひとえ》に太助の忠告のおかげであった。

「何故、あの時、そなたに分かったのだ」

定朝は目の前にいる太助に問う。しかし、太助は己の氏素性も、何故、定朝を助けるのかも何も答えない。ただ、ゆっくりと口を開く。

「これよりまたお辛いことがありましょうが、どうか御心安らかに。御仏の思し召しと受け入れて下さいませ」

静かで深い声音である。その言葉に定朝は思わず深く吐息した。

「辛いことはこれまでもあった。まだあるのか」

答えを待つが、太助は答えない。致し方なく定朝は頷《うなず》いた。

「分かった。そなたの助けには救われてきた故、否やはあるまい」

太助は、では、と立ち上がる。定朝は引き留めようと手を伸ばす。が、今は施しにと与えられるものも少ないことに気付き、手を引いた。

「今少し寺が持ち直したらまた参られよ」

太助は一つ頭を下げると、すっと庭から姿を消した。

かつては大勢の寺僧と寺男がおり、境内は常に掃き清められ、読経の声がこだましていた。今は、破損しても修復することもままならず、寂《さび》れるばかりである。

「御仏の思し召しか……」

ならばやむなしと受け入れるには、あまりにも苦いことばかりだ。

太助が現れた数日後、東京から役人たちが訪れた。門前に姿を現した一行は、出迎えた定朝に対して宣《のたま》う。

「この度、『古器旧物保存方』に基づき、調査を行わせていただく。何卒、ご協力を賜りたい」

事前に通知を受けていたとはいえ、いよいよ来たかと、定朝は苦い思いを抱きながらも、丁重に挨拶をした。

「遠路、ご苦労様でございます」

この調査は、干支をとって「壬申《じんしん》検査」と称するのだという。法隆寺のみならず、京や奈良の名だたる寺を回っており、既に調査に入られた寺では、蛇蝎《だかつ》の如く嫌う者も少なくない。

「さながら盗人の如く寺を荒らしておきながら、少しでも宝物に欠けがあると、我らを泥棒のように扱う」

苦い思いを幾度も聞かされた。

定朝は目の前にいる三十代ほどの役人に、丁寧に頭を垂れた。

「お手柔らかに願いたいものです」

役人の口元は笑みの形を取りながら、眼差しは鋭く睨む。

「最も信心深いと思われた寺の僧が、寺の宝を売りさばき、あまつさえ異国に流出しているという話をよく聞きます。これを見過ごしては、国の威信に関わります。我々は、国の宝を守るために参ったのです」

確かに、法隆寺でも寺僧らが百万塔陀羅尼《だらに》や経典、更には仏像などを売ってしまった事実がある。しかしそれは神仏分離に端を発した廃仏毀釈が原因である。餓死するか凍死するかの瀬戸際で、米や薪《たきぎ》の為に売り払ってしまったという。その寺僧を責めることは、定朝にはできなかった。

それが今になって「国の宝が流出する」と、調査に入るくらいなら、端《はな》から法令を出さねば良かった。寺の権威を地に落とし、つい先ごろまで土地を奪おうと虎視眈々《こしたんたん》としていた役人と、「国の宝を守る」と宣うこの連中との間に、何の違いがあるというのか。定朝には分からなかった。

「総代は暫《しばら》く坊にてお待ち下さればよろしいかと。全ての物を確認し次第、ご挨拶に伺いますので」

一行は「邪魔」とでも言わんばかりに定朝を遠ざけた。

しかし、中院に戻ってからも、悠長に座っているわけにはいかなかった。

「定朝様」

血相を変えて若い寺僧が駆けこんできた。

「如何した」

「善光寺如来御書箱《おんしょばこ》が、開けられてしまいました」

涙目で訴える。

それは聖徳太子と善光寺の間で交わされた三通の書簡が入っている箱である。秘宝の一つで、開くことを禁じられていた品だ。

「何と……」

「開けてみなければ、中に何が入っているか分からないからと。その上、御書を広げ、模写の上、写真を撮ると……」

定朝は身の内から震えるような怒りを覚えた。

確かに寺にも宝を売り払ったという非もあった。しかし、長い歴史の中で秘せられてきたものに手を出す者などあろうはずもない。こちらを愚弄《ぐろう》するにも程がある。

定朝は寺僧と共に中院を出て、御書箱の撮影とやらを確かめようと歩き始めた。その時、再び境内を走って来る寺僧がいた。

「定朝様」

「如何した」

「夢殿へいらして下さい。秘仏が、秘仏が……」

そこまで聞いて、定朝は思わず踵《きびす》を返す。

境内を走り、夢殿へと向かった。すると、夢殿の入り口に向かう階段の下で、日ごろは穏やかな寺僧たちが殴りかからんばかりに役人たちともみ合っている。定朝は声を張り上げた。

「如何なさった」

夢殿の戸口に立つ役人が振り返り、寺僧たちは定朝に駆け寄った。

「夢殿の秘仏の扉を開けたのです」

一斉に口々に言う。定朝は寺僧らを宥《なだ》めながら、役人に目を向ける。すると役人は問われるより先に定朝を睨む。

「調査をすると既にお伝えしてあります。例外はござらん」

定朝は思わず拳を強く握る。己の爪が、手のひらに刺さって痛い。

――どうか御心安らかに
ふと太助の言葉が脳裏を過《よぎ》り、怒りを飲み込むように息をしてから顔を上げ、役人を見上げた。

「この夢殿の秘仏は扉を開けた者に仏罰が下ると長らく言い伝えられております。地震が起き、寺が壊れるとも、雷に打たれるとも……せめて、拙僧が立ち会い、読経なりとも上げさせていただきたい」

役人たちは互いに顔を見合わせ、定朝に向かって小さく頷いた。

定朝は夢殿の中へと足を踏み入れると、薄暗い夢殿の中で数人の役人が厨子《ずし》の周りを取り囲んでいた。既にその扉は開かれており、中からは褐色にくすんだ布で覆われた塊が半ば覗いていた。定朝は早まる動悸《どうき》を抑えながら、努めて穏やかな声を出そうと息を整えた。

「千年とも言われる歳月、守られてきた秘仏を、このように軽々に開けられては、寺の者も心が乱れましょう」

「ええ。ですが、厨子は開けねば中に何が入っているか分かりませんから。秘仏と称しているのを良いことに、中が空ということもありましょう。事実、そうした例が他の寺でもあったので。貴重な仏であればあるほど、確かめねばなりません」

役人の言い分は理に適《かな》う。しかし、理だけではままならぬものが、ここにはあるのだ。

定朝は役人たちを押しのけて厨子の前へ出た。すると役人はその後ろで嘲笑うように言う。

「今、扉を開けましたが、幸い地震も雷もございません。これからこの布を取りますが、よろしいですね」

定朝は振り返ることができない。恐らく己が、不動明王もかくやとばかりの憤怒の表情を浮かべていると思うからだ。そして、否応なく開かれた厨子の扉の中へ目をやった。身を包む木綿を半ばはぎ取られた観音像は、御顔を露わにしていた。

定朝は、救世《ぐぜ》観音を初めて垣間見た。

布の隙間から、黒い目がはっきりとこちらを見ているように思えた。静かな眼差しの奥には、怒りも悲しみも押し込められた深い色を感じた。そして、口の端だけを引き上げるような不思議な笑みを湛《たた》えている。

定朝は知らず、その表情を真似るように、口の端を上げて、ゆっくりと役人たちを振り返った。静かに手を合わせて頭を下げながら、ついと後ろに下がり、数珠を鳴らして厨子に向き直る。

「さすれば、災いのないよう、せめても読経を致しましょう。

世尊妙相具　我今重問彼　仏子何因縁
名為観世音　具足妙相尊　偈答無尽意……」

役人たちは定朝の前に出て、仏の布を巻き取り始めた。定朝は読経をしながらも、心ここにあらずである。役人たちの手元に目が行き、苛立ちと口惜しさが交互に押し寄せる。心安らかになどいられない。

いっそ、この者たちに仏罰が下ればいいとさえ思い、己の狭量に苛立った。

ゆっくりと布は巻き取られていく。仏前に供えられた蠟燭の僅かな光が、布の狭間《はざま》から覗く金を照らした。

次第に姿を現したそれは、静かな面差しと優美な肢体。佇まいはしなやかでありながら、周囲を圧するような力を持っている。定朝は思わず息を止め、読経が止まった。

定朝も、初めてその全体を目にした。

夢殿の救世観音菩薩だ。

ふと傍らの役人たちを見た。彼らもまた、絶句したまま動きを止め、目を見開いて、ひたと救世観音の姿に見入っているのだ。

定朝は息を整え、ゆっくりと口を開いた。

「聖徳太子の御姿に似せて造られた、救世観音菩薩像です。厨子の扉を開けることを禁じられて参りました、紛《まご》うことなく秘仏です」

定朝とて、ここに入っている仏の姿を知っていたわけではない。しかし、これは間違いなく秘仏だ。法隆寺の僧たちが長い歳月、守ろうとしてきたものなのだ。そう思える姿であった。

「これが……秘仏か」

さざ波のようなざわめきが、数人の役人の口からこぼれた。そのうちの一人がついと後ろに下がり、定朝に向かって頭を下げる。

「記録をし、今一度、厨子にお戻しします」

これまでただ、居丈高に宝物を確かめ、支配をしようとする政府の役人たちだと思っていた。しかし、彼らの中にも、ただ宝物を確かめ、数えるためだけに来たのではなく、真に価値あるもの、信心に足るものが分かる者もいる。そう信じたいと思った。

調査を終えた救世観音菩薩像は、役人たちの手によって再び布を巻きつけられ、厨子の中に納められた。定朝はそこで一歩前へ進み出ると、小さな声で読経をしながら、厨子の扉をゆっくりと閉じた。

そして、居並ぶ役人たちに合掌して一礼すると、夢殿を出た。

三日間に及ぶ壬申検査で、宝物は皆、普門院《ふもんいん》に並べられ、写真を撮られ、記録された。

最終日、目録を手渡され、

「ご確認を。これ以外に何かありませんか」

と、言われた。隠している物はないか、と問われているようであった。

定朝は、筆書きの目録を確かめた。いずれも、法隆寺において大切にされてきた仏たちである。水を、花を供え、祈りを捧げて来た信仰の証だ。しかし、ここに書かれているのは、「仏」ではなく「物」の名に見える。

定朝は目録を閉じながら、それを持って来た役人の顔を直視することができない。辛うじて己の内の怒りを鎮めるために、伏し目がちに口を開いた。

「我等にとって、この目録に記されているのは仏であり、心でございます。物として御覧になる限り、真価は見えますまい。されど、貴殿の真を信じて」

定朝は徐《おもむろ》に手を合わせ、目の前に立つ男の内なる仏性に祈る。

「これより先もご多幸をご祈念申し上げる」

一行が法隆寺を去っていくのを見送ってから、定朝は天を仰いだ。

「まだ試練は続こうか」

総代の座を定朝に譲った頼賢は今、死の床にいると聞いている。せめて少しでも力を取り戻した法隆寺を見せて差し上げたいと急《せ》く思いもある。しかし向かい風は止みそうもない。

どこかで鳴く蟬の声が、じじじ……と消えていくのを聞きながら、定朝は再び境内へと戻って行った。

○

その日は雨が降っていた。伽羅《きゃら》の香る中院の奥の間に端座《たんざ》して雨のそぼ降る音を聞きながら、定朝は天井を見上げる。

「屋根は無事であろうか」

そして苦笑する。雨露を凌《しの》ぐことが真っ先に脳裏を過《よぎ》るのだ。

壬申検査から十二年の歳月が流れ、定朝は総代から新たな呼称としての「住職」となっていた。

法隆寺は相変わらず困窮していた。江戸の頃にはあった社寺の禄高もなくなり、法隆寺の所領も召し上げられた。

寺僧の中には、日々の貧しい暮らしに耐えかねて出て行く者が跡を絶たない。実家が裕福な者ほど出て行き、帰る家のない者が残る。となると、布施は減る一方で、ますます困窮した。

子院の屋根が壊れても修復すらままならず、そのまま廃墟となってしまったものもある。冬に焚く火鉢の炭も惜しい。

「いっそ、寺僧たち皆で一つの僧坊に集《つど》おう」

寺僧たちは雑魚寝をしながら、貧しさに耐えていた。

それでも、信心があれば乗り越えられるはずだと定朝は思った。しかし信心すらも脅かす太政官からの布告が、壬申検査の直後にあった。

「小さな宗派の寺は大きな宗派に併合せよ」

法隆寺の「法相宗」や「華厳宗」「律宗」などの宗派は、歴史は深いが宗派としては小さい。それらを統括するために「真言宗」「天台宗」「浄土宗」「浄土真宗」などの大きな宗派に併合することが命じられたのだ。

定朝は思わずその紙を強く握り、くしゃりと音を立てる。

「愚弄するにも程がある。新政府の御仁たちは、宗派の区別がつかんのや」

思わず口をついた怒声に、居合わせた寺僧はびくりと身を縮めた。

「いや、口が過ぎたな」

定朝は慌てて取り繕う。

定朝が怒りに駆られれば、秀延と同じように、下の寺僧たちが過激な行動に転じる可能性もある。如何なる時も堪えねばならない。とはいえ、唯々諾々《いいだくだく》と受け入れることができるはずもなかった。

「ここはやはり、聖徳太子の御名をお借りしよう」

定朝は奈良県に訴えた。

「法隆寺は、法相宗、三論宗、三経宗《さんぎょう》を修学しておりました。中でも三経宗は、聖徳太子が国家の安泰と仏教が栄えることを願われたものであり、それを推古天皇が勅宗《ちょくしゅう》とされました。どうか特別のご処置として、せめて法相宗でなくとも『三経宗』として公称することをお願い申し上げたい」

法相宗の名を捨てたとしても構わない。それでも聖徳太子の御心を受け継ぐ法隆寺としての誇りを捨てるわけにはいかないと思ったのだ。

しかし、県は一切聞く耳を持たなかった。

「大きな宗派に所属せよ」

同じことを繰り返すばかりであった。

金堂で一人、読経をしながら、定朝は胸の内に荒ぶる思いを抱えていた。

「推古天皇の勅宗であるこの寺を軽んじて、何が尊皇か。天皇の御名を借りて、己が国を牛耳《ぎゅうじ》ることしか考えておらぬ」

沸々《ふつふつ》とした怒りは、抑えようとしても湧き上がる。定朝は、目の前の本尊を見ることができなくなり、読経を止めて、逃げるように金堂を出た。

ひんやりとした夜気の中に身を置くと、少しずつ心は落ち着いてくる。それでも、怒りの焔は身の内に燃え滾《たぎ》るのだ。

自棄《やけ》を起こせば、一瞬で法隆寺が消し飛ぶ。辛うじて守って来たものも皆、失われてしまうのだ。致し方なく、定朝は「真言宗」の所轄を受けることを決めた。

「しかし、このままではあかん」

その昔、仏法僧をして「三宝」と呼んだ。しかし今、秘仏は暴かれ、法たる宗派は奪われ、僧たちは困窮している。

「何が宝か」

壬申検査の目録に連ねられた「物」の名を思い出す。あれら全てを捨てたとて、失くしてはならないものがここにはあるのだ。

何とかせねばならない。

どうすればいい。

怒りとも焦りともつかぬ思いだけが、定朝の中に渦巻いていた。

そんな時、新たに作られる博物館が法隆寺の宝物の献納を望んでいるという話が飛び込んで来た。

「いかがだろうか」

役人からの問いに、定朝はすぐに応じることはできなかった。

無論、先人たちから受け継いできた宝物は守りたい。だがそれ以上に法隆寺と法相宗と寺僧たちも守らねばならない。

「どうしたものか……」

迷った定朝は、幾度となく宝物を収めた綱封蔵《こうふうぞう》へと足を運んだ。この蔵は他の子院に比べれば頑丈な造りであり、雨風も防げるし、湿度も保たれる。しかしいつなんどき、何が起こるか分からない。それによって破損するとなれば、先人たちに申し訳ない。

迷う日々を過ごす定朝の元に、再び献納の依頼があった。予《かね》て法隆寺と近しくしていた北畠治房《きたばたけはるふさ》を通じて博物館の意向が伝えられた。

「法隆寺を復興したいというのは、住職だけの願いではなく、我々、博物館の願いでもある。政府からの支援金を取り付けるには、法隆寺ここにありと、示すことが肝要。聖徳太子所縁の宝物が献納されるとあれば、その歴史と重要性を政府も知ることとなり、支援をしやすくなる。また、そうなれば法相宗に戻ることも叶うはずだ」

定朝が法相宗を守りたいと望んでいることが分かっている様子であった。そして同時に分かったことがある。

「政府の方々は、法隆寺を知らんのや……」

「法相宗を捨てろ」と言われ、憤りを覚えていた。しかしそれは単に、新政府がそもそも「法相宗」の歴史も教えも、法隆寺のこともよく知らないからだとは思い至らなかった。

ならば、法隆寺の歴史と威厳を見せつけるには、「宝物」の力を借りるしかない。

「聖徳太子の御力を、法隆寺の為にお貸し下さい」

定朝は、蔵に並ぶ太子所縁の宝物に手を合わせた。

こうして明治十一年、聖徳太子所縁の宝物の数々が政府に献納されることとなり、明治十五年、法隆寺は再び法相宗の本山として復帰することが叶ったのだ。

住職になってからここまでの道のりを思うと、辛いことばかりだ。しかしそれは前進したというよりも、ようやっと嵌められた足かせを一つ外したに過ぎない。

何せ、法相宗に復帰してから二年を経ても、未だに天井からの雨漏りを案じなければならない状況だ。宝物の献納によって得られた下賜金一万円は、修復によって瞬く間になくなった。続いて願い出た二千円の支援金も本堂や大垣の手入れで終わってしまう。

そこへ来てつい先ごろにも大雨で、境内北の悔過池《けかいけ》と天満池《てんまいけ》が決壊し、境内のあちこちが水浸しになった。子院の中には屋根が壊れた所や、床まで水に浸った所もあり、夏だから良いが、冬になったら寺僧たちの命に係わる。

「金がない……」

何という俗な呟きかと、定朝は思わず苦笑する。金勘定など、幼い頃からほとんどしたことはない。托鉢《たくはつ》をして歩いたことはあるが、それを苦に思ったことはない。寺に住まうとは、信心のほかの全てを捨てることだと思っていた。しかし、実際には、寺僧たちの暮らしを守るため、寺の歴史や仏をはじめとした宝物を守るため、金はかかるのだ。

幾度目かの深い吐息をした時、

「住職、よろしいでしょうか」

という声が襖の外から聞こえた。

「入れ」

襖が開き、そこに三十歳ほどの僧侶が姿を見せた。

「ああ、定胤《じょういん》か」

定胤は、今は亡き學榮の弟子であり、今は定朝の片腕となっていた。

「東京から、外国人のお客様が参られるそうです」

「ああ、そうか」

定朝は浅い返事をした。

ここ数年、法隆寺を訪れる人々の様相が変わって来た。かつてはこの法隆寺を管理するための役人たちが次々に訪れていた。しかし最近は、物見遊山よろしく参拝に訪れる人が増えていた。政府が招聘《しょうへい》した御雇《おやとい》外国人たちが訪ねて来ることもあった。定朝は、今まで彼らの応対に出たことはない。

また異人たちが訪ねて来るのだという報告を聞いたところで、定朝にとっては、そうか、としか答えようがない。

「物見ならば幾度参られても構わん。されど今、寺は御接待する余力がない故、その旨もお伝えしておいてくれ」

すると定胤は懐《ふところ》から手紙を差し出した。

「こちらを」

それは、西洋風の封書で、差出人は岡倉覚三《おかくらかくぞう》という男である。二年前にも、異人を伴って法隆寺を訪れていたらしい。手紙に曰く、

「法隆寺の威容に心を打たれた。その際には具《つぶさ》に宝物などを見られずに残念であった。もしも叶うのであれば、秘仏を拝してみたい」

といったことが綴られていた。

「秘仏とは、夢殿の観音のことか」

「はい。先に訪ねられた際にも、夢殿の中の厨子をご覧になり、扉は開かないかと何度か問われました」

定朝の脳裏に、かの壬申検査のことが蘇る。乱暴にこじ開けられ、木綿を剝がれた救世観音。胸を掻きむしるほどの口惜しさと共に、何とも言えぬ仏の表情が今もありありと思い出される。

「叶うはずもなかろう」

「二枚目をご覧下さい」

手紙の二枚目を見る。覚三は続けていた。

「法隆寺の維持や修復などに掛かる費用について、支援を申し出たいと、同行の米国人ビゲロー氏が言っている」

定朝は暫《しば》し黙って手紙を睨みながら、眉根を寄せた。

「金のために秘仏を見せるというのか」

定朝の声は知らず低く響く。定胤はその声音に怯えたように目をそらし、唇を引き結ぶ。しかしそれでも定胤は拳を握りしめ、定朝に向き直る。

「いえ、秘仏の話とは別です。支援をしたいとおっしゃっているということで」

「だが、この手紙と秘仏の話を共に聞けば、そう聞こえるであろう」

「今、支援がなければ、法隆寺はもう保てません」

絞り出された定胤の声に、定朝は奥歯を嚙みしめ、手紙を持つ手が強くなる。船来風の便せんの端が、くしゃりと音を立てて歪む。

世間では、「宝物を献納したからには、法隆寺は、最早その役目を終えた」と言う声もあるという。

保てないという定胤の叫びは、定朝もまた同じ思いだ。定胤とて寺のことを思って言っているのだ。それは分かる。

毎度、毎度、役人に支援の金を求める書類を出し、頭を下げることにも疲れた。金を出してもらう度に、絶えずこちらも譲歩を続けている。

今、再び「大垣を壊せ」と言われても、かつてのように抗うことができるだろうか。そも、放っておいても、大垣は壊れそうなほどに古びている。それはいずれ、金堂や五重塔にも及ぶだろう。

「異人」「異教徒」と言う言葉が、じんと頭に響く。しかし今、法隆寺に危機をもたらしたのは、天子様を担ぐ新政府であり、かつては仏教徒であったはずの役人であり、宝物を売りさばいて去った寺僧たちだ。

重苦しい沈黙が流れる。やがて定朝は大きく一つ息をついた。

「訪ねていただく分には構わぬ。ただ、秘仏については……即答はできぬ。結論としてお見せできないこともある。重々、申しておくように」

「はい」

定胤は苦い顔をして去って行った。

定朝はその夜、皆が寝静まった頃になって、一人で境内に出た。

「千年以上もの歴史を紡いできた法隆寺が金がないから潰れたでは、流石《さすが》に後世に示しがつかぬ……」

そう思ってしまうのは、己の私欲であろうか。

「なかなかどうして……情けない」

独り言《ご》ちながら歩く。

あちこちに未だ、水たまりが残り、参道はぬかるんでいる。そう言えばこのところ、あの太助を見かけていない。

「何処で寝起きしているのだろう」

ふと思い出して案じた。

以前、この寺の危難に際して度々助けてくれる太助のことを、若い寺僧に話したことがあった。するとその寺僧は笑いながら、

「さながら示現《じげん》話のようでございますね」

と言った。

示現話とは、仏が幼子や年寄り、乞食といったか弱い者に姿をやつし、姿を現す説話の形だ。その時は笑い話にしたのだが、時折ふと、そうかもしれないと思うことがある。

迷いながら境内を歩く定朝は、何処へともなく祈る。

「もしも仏の化身であるならば、今一度、答えを示してはくれまいか」

顔を上げた視線の先、夜の闇に紛れて草臥れた男の姿が見えた気がした。

太助だ、と思った。

「いるではないか」

示現話などではない。きっと境内のどこかに寝起きしていたのだ。太助の背を追うように歩いていたが、姿を見失って立ち止まる。そこには夢殿があった。

「太助」

声を掛けてみるが、姿はない。さながら幻のように消えている。

定朝は改めて夢殿を見上げる。

「ここに答えがあるというなら、入ってみよう」

太助が導いたとするならば、それも良い。

定朝はそっと夢殿の中へ足を踏み入れた。

しんと静かな空気が張り詰めている。その八角形の中を、何も考えずにただ歩き始める。ぐるぐると一歩ずつ踏みしめるうちに、眩暈《めまい》にも似た心地がした。柱に、壁に、天井に、先人たちの祈りが染みついていて、それが己に降り注いでくるような心地がする。

閉ざされた厨子の前に足を止めた。

開けてみようか、と、思った。

秘仏であると伝わる救世観音は、聖徳太子の似姿であると言われている。扉を開けた者は、雷に打たれて死んだと、小僧の頃に言い聞かされた。畏怖をもって眺めていた黒い厨子は、先だって、無残にこじ開けられ、木綿を剝がれていたのだ。その時の口惜しさは筆舌に尽くしがたい。しかし同時に、雷は落ちなかった……という安堵もあった。

言葉通りに信じていたわけではない。だが、心底のどこかに恐れがあった。それがない今、定朝の中には抑えがたい思いがあった。

今一度、秘仏と向き合いたい。

そして、己の答えを出したい。

雷よ、落ちるなら落ちよ。地よ、揺れるなら揺れよ。いっそ、罰してくれたならば、この苦しいばかりの座から降りることも叶おうものを。

祈りとも、怒りとも、呪いともつかぬ思いを胸中に抱えながら、定朝はゆっくりと厨子の扉に手を掛けた。

ぎぎぎ、と鈍い音がして、中に布に包まれた塊があった。木綿に手を掛けると、やがて仏が姿を現した。しなやかな細身の仏は、寺に納められた虚空蔵《こくぞう》菩薩にも似る。しかしその顔立ちは、何とも言えぬ不思議な笑みを湛えていた。

壬申検査の折、木綿の隙間から覗いた目の鋭さと口元の笑みの不釣り合いな様子に、言い知れぬ不安と畏怖を感じた。今もまた、その眼差しに叱責されているようにも思える。

定朝は、己の手が知らず震えていることに気付く。それでも止めず、木綿を巻き取ると、少し後ろに下がって端座した。

これが、秘仏、救世観音菩薩。

燭台の僅かな光に照らされ、鈍い金色に光っている。

顔を見上げ、次いで静かに手を合わせる。

世尊妙相具　我今重問彼　仏子何因縁
名為観世音　具足妙相尊　偈答無尽意……

観音経を唱えながら、思いを巡らせる。

もしも法隆寺を守りたいという思いが、住職となった己の保身や私欲であるのならば、罰せられても致し方ない。しかし、この経典にあるように、仏の刻む阿僧祇《あそうぎ》の時の中にある己が為すべきことがあるとするならば、私欲を捨てて無私となり、答えを見出すことができるはず。

空となれ、空となれ……

念じるように唱えているうちに、己の身から己が離れていくような奇妙な心地がした。身は夢殿の救世観音の前に座っているが、意識は身を抜け出して夢殿を遠く見下ろしている。やがて視界は更に広くなり、山を見下ろし、国土を見下ろす。それからもっと遠ざかって行き、先ほどまで己が座っていたはずの夢殿は、小さな光の点になっていた。背後にある黒い塊に吸い寄せられるような意識の中で、不意に一つの言葉が下りて来る。

「開いて、守れ」

声ともない声は、体中を揺るがすように響いてくる。音と闇に包まれて、己が消え果てたかに思えた次の瞬間、定朝ははたと我に返った。

目の前には、救世観音がある。

己の身は、夢殿の中、厨子の前に端座して、先ほどと変わらず、経文を読んでいた。

仏説是普門品時　衆中八万四千衆生
皆発無等等　阿耨多羅三藐三菩提心……

経を唱え終え、定朝は茫然としたままで救世観音を見上げる。

雷に打たれる……とは、このことかと思った。己を身から引き剝がされ、無私となること。

そこに下りて来た答えは「開いて、守れ」という言葉であった。

救世観音の眼差しの下。

「開いて、守れ」

声に出すと腑に落ちる。

国もそうであった。

数十年前までは、異国船の脅威に怯え、人々は攘夷を唱えて夷狄《いてき》を討とうと試みていた。しかしそれは敵うはずもなく、遂には国を開くこととなった。幕府と新政府はそれによる衝突を繰り返したが、今、新たな政府では、異国と交流することで国を守っている。

法隆寺とて、同じこと。

異人、異教徒を排し、かつてのように守り続けることが必ずしも正しいとは限らない。

仏の教えが真であるのなら、異人であろうと異教徒であろうと、敵ではない。むしろ遠ざけることは仏の本意ではない。

「開いて、守れ」

定朝は改めて声に出して、目の前の仏を見上げる。

あの声は何であっただろう。

身の内側から響くようでもあり、外側から揺さぶるようでもあり。己の声のようにも聞こえ、いつかの太助の声のようにも聞こえ、名もなき信徒の声のようにも聞こえる。

ただ、その声の示すものが答えであると、信じることができた。

開けば非難を受けることもあろう。しかしそれを恐れる心こそが、私欲であると思い定めた。

数日後、手紙の通りに異人を連れた岡倉覚三はやって来た。御雇外国人のフェノロサ、そして見事な口髭を蓄えた米国人実業家のビゲローである。

「あれは何ですか」

「こちらはどういう意味ですか」

フェノロサの質問攻めに、寺僧たちは必死になって応対していた。やがて一行は夢殿にたどり着く。そこでやはり寺僧と一行は、秘仏のことで揉め始める。

「ぜひ拝見したいと思って遠路参ったのです」

声を張っているのは覚三である。定朝はその様子を遠目に眺めてから、一つ大きく息をしてゆっくりと歩み寄る。

「ようこそ参られました」

定朝は火熨斗《ひのし》を当てて香を焚きしめた袈裟を掛けていた。

「住職」

案内をしていた若い寺僧が、困惑を満面に浮かべて駆け寄る。定朝はその背を宥めるように叩いた。

「案内ご苦労。お前たちは下がりなさい」

定朝は若い寺僧を下がらせた。傍らにいた定胤にもまた下がるように目配せをする。

「しかし、住職」

定朝はただ黙って頷いた。定胤は、定朝が秘仏の扉を開けようとしていることに気付いた。そしてその責任を一人で負うつもりであるということも分かった。定胤は定朝に手を合わせて数歩を下がり、そのまま夢殿の回廊を出た。

覚三、フェノロサ、ビゲローは、定朝の案内によって夢殿の中へ入る。

「先だってこちらに参りました折は、秘仏として開けることを断られたのです」

覚三が言う。定朝はただ、

「さようでございますか」

とだけ答え、三人に自らの後ろに立つように示す。そして、数珠を鳴らして厨子の前に立ち、目を閉じた。

世尊妙相具　我今重問彼　仏子何因縁……

観音経世尊偈を唱えた。

既に、定朝の中から迷いは消えていた。

導かれるままに、開いて、守るだけだ。

読経を終えると深々と厨子に頭を垂れ、ゆっくりと扉に手を伸ばし、開いた。既に木綿の布は取り除かれている。夢殿の扉の外から入る薄日に照らされ、それは光り輝いた。

「Amazing」

ビゲローが声を上げる。意味は分からないが、賛辞であろうことは分かった。フェノロサは黙って目を見開き、じっと秘仏を見つめている。

「ああ……これは、アルカイックスマイルに似ている」

「……アルカイックスマイル」

聞き覚えのない言葉だ。すると傍らに居た岡倉覚三が、

「何ですか、それは」

と、問いかけた。

「はい。二千年以上も前に、ギリシアで作られた彫刻にある微笑です。口元だけが笑いの形をとっているが、目は笑っていない。太秦《うずまさ》の弥勒《みろく》菩薩もそうですが、こちらにも同じ流れを感じます。素晴らしい。これは国の宝……東洋の、世界の宝です」

フェノロサの言葉に、定朝は改めて仏を見た。

二千年以上前の遠い国と同じ微笑み……

長い時の中で守られてきた秘仏が、新たな価値と意味を持って立ち現れた。

あの夜、法隆寺から遠く離れていく自らの意識を思い出す。これは、那由他《なゆた》、阿僧祇の広がりを越えてここにある。知っていたつもりであったが、いま改めて思い知る。

傍らの異人、フェノロサは頬を紅潮させながら定朝の手を取った。

「守って来て下さってありがとうございます。これほどのものを拝見できるとは」

寺の内に外に敵を持ち、孤軍奮闘を繰り返してきた。どうやって守ればいいのか分からなかった。しかし今、思いもかけないところから味方が現れたことを痛感した。

「これもまた、仏縁と申すものでございましょう」

定朝はそう言って、改めて手を合わせた。

○

それから四年の歳月が流れた明治二十一年。

今、同じ面々が再び、夢殿の前に集っている。秘仏の扉は改めて、大勢の前に開かれることとなった。

定朝の読経の声が終わる頃、寺僧らはゆっくりと厨子の扉を開いた。

僅かな光が厨子の内にある仏に差し込み、黄金色の輝きが瞬《またた》く。ほうっという嘆息の声が、読経を終えた定朝の耳に聞こえた。

定朝はゆっくりと振り返り、居並ぶ面々が、救世観音を仰ぎ見る顔を見る。感嘆する者、怪訝そうに眉を寄せる者、目を輝かせる者、好奇心に身を乗り出す者……様々である。

「撮ります」

写真師が声を掛け、眩しい閃光と共に写真が撮影された。

秘仏であったそれは、今後、広く知られていくことになるのだろう。

「これが、フェノロサ先生が見たという秘仏ですな」

新聞記者らしき男が、フェノロサに問いかける。

「そうです」

「フェノロサ先生と、ビゲロー氏、そして岡倉先生が、長年の秘仏を初めて見たということですか」

「はい」

フェノロサは微笑みながら答える。すると記者は今度はずいと定朝に歩み寄った。

「何故、開けることになさったのでしょう」

定朝は、暫しの沈黙の後、手を合わせた。

「仏の結ばれた縁《えにし》でございますれば」

定朝の答えに記者はやや不服そうに眉を寄せる。もっと違う答えを求めていたのは分かる。しかし、多くを語ることは、決して望ましいことではない。

何も語らぬよう、定朝は後を寺僧らに任せて、夢殿を出た。するとと実業家のビゲローが歩み寄って来た。

「あのロータスはどうなりましたか」

ロータス……と問われて、定朝はしばし思案し、ああ、と頷く。巨勢金岡《こせのかなおか》が描いたと伝わる蓮池図《れんち》のことだ。

以前、法隆寺を訪ねたビゲローは、蓮池図が破損しているのを見て、修理のための費用を出資したいと申し出た。

「おかげさまをもちまして、修繕させていただいております。完成しました折には、今一度、お運び下さい」

ビゲローはそれを聞いて、

「Fantastic」

と、恐らくは歓喜の言葉を口にした。

ビゲローの出資を受けるに当たり、定朝は役所へ届け出ることとした。金の流れを隠すことで、要らぬ疑念を招きたくなかったからだ。

修繕のための費用であることを明記し、出資者であるビゲローからも書面を受け取った。そこまですれば、役所としても文句はなかったらしく、「御随意に」との反応であった。

ビゲローやフェノロサは、法隆寺について米国にも知らせており、異国からの来訪者たちは増えている。また、同じように支援も寄せられていた。

「千年を超える歴史を誇る木造の建築が残っているとは」

異人たちの賛辞を受けたことで、政府の役人たちの法隆寺を見る目が変わって行った。己の住まう国の宝を、壊し、否定した人々が、己がつい先ごろまで攘夷を唱え、敵とみなしてきた人々の声に推されて、仏を宝として扱う。

しかしそれもまた、人々の移ろう心の現れなのだろう。そして移ろうことは決して悪ばかりではない。

「法隆寺の宝物は博物館にとって貴重な宝だが、それ以上に法隆寺そのものが国の宝である」

政府までが言い出した。

秘仏の扉は開かれて良かったのだ。

一度目は不本意に。二度目は密やかに。三度目は決意を持って。そして今、大勢の前に開かれた。

「我らは、仏像を守っているのではない。仏様を信心しているのだ」

若い寺僧らは熱く語る。それもまた真であろう。

フェノロサらの「ファインアート」、覚三の「美術」と言う言葉では言い表せぬものが確かにここにあると、定朝も思う。

しかしそれでも、幾ばくかの思いの欠片《かけら》は繫がり、続いていくであろう。

「開いて、守れ」

あの声に、定朝は改めて思いを致す。

夢殿に籠った日以来、定朝は太助の姿を見ていない。探すこともしていない。

何者であったのかは分からぬままだが、それで良いのだ。

全て一切は空《くう》。

空の祈りが、辛うじてこの身をここに立たせているのだと思いながら、五重塔の上にたなびく雲を見上げていた。

楽土への道

シャンデリアの光が揺らめく下で、円舞曲《ワルツ》に合わせて人々が舞う。

明治十七年、春。東京、鹿鳴館。

ホールの壁に凭《もた》れて立っている異邦人はアーネスト・フェノロサ。この年、三十一歳になる大学教師は、日本に来て六年余りの歳月を過ごしてきた。昨年できたばかりの鹿鳴館にくるのは、今回で三度目となる。

その時、円舞曲を奏でるバイオリンが、調子はずれの甲高い音を立て、アーネストは眉を寄せた。

「やれやれ……」

ピアノもバイオリンも、一通りのことは習って来たアーネストにとって、今、ここで流れて来る音楽は、国賓を招く場に相応《ふさわ》しいとは思えない。楽器店の片隅のレッスンのように聞こえ、ため息をつく。

「おや、さすがは音楽家の息子だ。厳しいね」

片手にワイングラスを掲げながら歩み寄って来たのは、三つ年上のアメリカ人、ウィリアム・ビゲローである。口ひげを蓄えたビゲローは、三十四歳という若さではあるが、威風堂々とした紳士の風格があった。一方のアーネストは、年の割に線が細く、「貴公子のような」と評される。

壁際に二人並びホールで踊る人々を眺める。

「音楽家というほどではないが」

確かに、父、マニュエル・フェノロサは音楽家であり、弟のウィリアムもそうである。その時また、バイオリンが音を外し、アーネストは苦笑する。

「いっそ、雅楽の方がいいのに」

いつぞや聞いた篳篥《ひちりき》や笙《しょう》の音は、エキゾチックで美しかった。

「そう言ってやるなよ。彼らの努力の賜物《たまもの》だ」

ビゲローは、ホールを見渡して言う。

確かに、西洋列強に脅かされながら、辛《かろ》うじて主権を守り抜いて来た日本が、精一杯の努力の末に作り上げた、異人の為の社交場なのだ。

「それにほら、リジーは楽しそうだ」

ビゲローが示す先には、鹿鳴館のホールの真ん中で、日本の高官を相手に華やかに踊るフェノロサ夫人、リジーの姿があった。薄紅色に、レースをふんだんにあしらったドレスは、華やかなリジーの顔立ちによく似合う。

「おや、また新しいドレスかい」

「わざわざアメリカから取り寄せてね」

日本にも仕立屋が出来たのだが、妻の好みには合わなかったらしい。しかし、ジュエラーは日本のものも嫌いではないらしく、つい先日も日比谷の店から請求書が届いたばかりだ。

「まあ、彼女の機嫌が良いのが一番だ。ブレンダも生まれたばかりだし……」

アーネストには二人の子がいた。今年で四歳になる息子、カノーと、昨年生まれたばかりの娘、ブレンダだ。

「カノーは元気かい」

「ええ、お陰様で。君からもらった玩具が大層気に入っているよ」

カノーの名は、この国の画家「狩野《かのう》」派からとった。それがファミリーネームであるということを知ったのは名付けた後であったのだが、音の響きが気に入っている。

「ああ、そうだ。ビルは例の旅には行かないかい」

「ああ、近畿の古寺を巡るという話か」

「カクゾーが色々と話を通しているから、秘宝を見ることができるかもしれない」

カクゾーこと岡倉覚三《おかくらかくぞう》はアーネストの教え子で、今は文部省の役人であった。英語が堪《たん》能《のう》で、美術についても造詣《ぞうけい》が深いことから、助手として、通訳としてあちこちに同行していた。

「それはいいね。新しいコレクションも見つかるかもしれない」

ビゲローが掲げたグラスに、アーネストもグラスを手にして、乾杯をする。甲高く涼やかな音がして、二人は互いの顔を見合わせて笑った。

ウィリアム・ビゲローは、アメリカでも有数の名門の出である。祖父はＭＩＴ（マサチューセッツ工科大学）の創設に関わった医学者、父はハーバード医科大学の教授であり大統領の侍医。早世した母は、中国貿易で巨万の富を得た実業家の娘で、その遺産を受け継いだ彼は、若くして大富豪でもある。

「日本はいい芸術作品が多いし、安い。実に楽しいね」

来日してからというもの、様々な絵画や彫刻をコレクションに加えていた。

「この国は、自らの持つものの真価に気付いていないんだよ」

アーネストは吐息交じりに言う。

しかし、この国の人たちが自らの音楽や絵画、彫刻を誇ることができなくなっているのは、日本人のせいだけではない。来日しては居丈高に己の文化文物を振りかざして勝ち誇る、西洋列強からの異邦人……つまりは自分の同胞たちのせいでもある。

「君がそういう考えだから、君を頼りにする人たちが次々にやって来るんだ」

ビゲローの言う通り、アーネストの元には、多くの日本人が訪ねて来る。西洋に迎合せず、古美術や伝統的な文化を愛好する人々。また、神仏分離のために起きた、廃仏毀釈に悩まされてきた寺の僧侶たちもまた、「フェノロサ先生」の元を訪れる。

「どうか、助けて下さい」

切実に頭を下げられたことは、一度や二度ではない。

「君は今、正にこの国の仏教徒たちの救世主《メシア》なんだろうね」

「仏教徒のメシアとは……何の冗談かな」

救世主とは、キリスト教ではイエス・キリストを指す。何とも皮肉な呼称だ。

「だってそうだろう。君は西洋人でありながら、キリスト教に対して批判的だ。その上、古物が好きだと来ている。その名の通り、Earnest《アーネスト》（生真面目）で何よりだよ」

ビゲローは、ははは、と笑いながらアーネストの背中を叩いた。するとそこへ、一頻《ひとしき》りホールでダンスを楽しんでいたリジーが、ドレスの裾《すそ》を揺らしながら優雅に歩み寄って来た。踊り終えて上気した顔は、いつにもまして晴れやかに見えた。

「あら、ビル。いらしていたの」

声を掛けられたビゲローは、リジーの手を取って、甲に口づける。

「久しぶりに、西洋音楽を楽しもうかと思ってね。そうだ、リジーは来るのかい。今度の旅に」

「私はあまり興味がないわ」

リジーは元より、夫が夢中になっている日本の古美術の類に興味がない。むしろ、社交の場が性に合っているらしい。アーネストが学究肌で研究室にいる間に、リジーが日本の高官夫人たちとの交友を深めたことで、思いがけない人脈も広がっている。お互いを補い合う良い相性なのだろうと、アーネストは思っていた。

「カノーも待っているから。そろそろ失礼しましょう」

リジーに腕を組まれ、アーネストもそうだな、と頷いた。

「ではビル、また、お茶にいらして下さいな。息子も、貴方に会いたがっていてよ」

「ああ、また伺うよ」

ビゲローと別れ、アーネストとリジーは鹿鳴館の廊下を渡る。

車寄せから馬車に乗ると、夜道を駆けていく。

「ご機嫌は如何《いかが》かな、夫人」

アーネストの問いに、リジーは微笑む。

「ええ、久しぶりに人に会って、たくさん話ができて楽しかったわ」

表情が明るいのを見て、アーネストはほっと息をつく。

少し前にカノーが風邪をひき、ブレンダの夜泣きがひどかった。それなのにアーネストが古美術の調査のために大学に入り浸っていたことで、リジーは不満が爆発していた。

「貴方は本来、大学の教員としていらしたのに、どうして古物の調査までするの」

Musty（古臭い）と、あからさまに嫌悪を見せていた。彼女にとっては、時代遅れの地味な仕事に思えるのだろう。

ともかくもリジーの機嫌をとらなければ、次の古物調査の旅に出るのも、一苦労だ。それで断るつもりだった鹿鳴館での夜会に連れ出したのだ。

「君があぁして華やかに輝いていてくれるから、私は安堵して、古臭い仕事ができるのさ」

走る馬車の中で言うと、機嫌を直したらしいリジーは、まあいいけれど、と、欠伸《あくび》をした。

この調子ならば、調査の旅に出るのも、問題はなさそうだな、と座席に背をあずける。

本郷加賀屋敷内にある大学講師館の室内は、妻によってすっかり洋式に設《しつら》えられている。

カノーとブレンダは乳母によって既に寝かしつけられた後であった。

「疲れたわ」

と、寝室へと向かったリジーを見送り、アーネストは燕尾服を脱いでガウンに着替えて、広間のソファに腰かけた。無口な老齢の日本人女中が、ブランデーとグラスを持って来て、そっとテーブルに置く。

「ありがとう」

すると黙って頷いて、すすす、と姿を消す。

人込みの中では、酒を飲んでも食事をしても、何だか腹に入った気がしない。ふうっと吐息しつつ、ブランデーをちびちびと舐めるように飲む。

「仏教徒のメシアか……」

ビゲローの言った言葉の何とも皮肉な響きに、アーネストは苦笑する。

確かに、外から救わねばならないほどに、この国の文化は混乱を極めている。

急速に欧米列強に追いつこうとした結果、過剰なまでに欧米の価値観への迎合をしたことが大きな要因だ。これまで禁じて来たキリスト教を解禁すると、洗礼を受ける者が跡を絶たない。さらに神仏分離によって、廃仏毀釈が起きてしまった。

そこで光明となったのが、「キリスト教に懐疑的な西洋人」の存在であった。

先駆者となったのは、アーネストより先に大学教師として赴任していたエドワード・モースである。来日してすぐに大森貝塚を発掘して有名になった彼は、進化論を研究する動物学者だ。進化論とキリスト教は相性が悪く、万物の創り主である神を否定する学問として、欧米では未だに批判にさらされることがあった。

モースは、米国内では表立って言えなかったキリスト教への批判を、この極東の国では遠慮なく開陳《かいちん》した。それは当時の日本人にとっては驚くべきことであったらしい。

「西洋人なのに、キリスト教を批判するとは」

圧倒的にクリスチャンの多い西洋人と話を合わせるべく、日本の政府の要人たちが、聖書を読み、その禁忌を知ろうと努めていた矢先のことである。

モースに誘われて、一年後に来日したアーネストは、モースの日本国内での評価を知り、驚いた。

「異国の地とはいえ、思い切ったことをなさる」

モースは笑った。

「君とて、思うところはあるだろう。君もここでは、自由に話せばいいだけだ」

確かに、アーネストもキリスト教に「思うところ」はあった。

父にまつわることである。

父、マニュエル・フェノロサは、音楽家……とはいえ、アメリカの楽団などではなく、スペインの軍楽隊のメンバーだった。軍楽隊の一員として海を渡り、アメリカで移民となった。アメリカ社会で生きていくために、カソリックからプロテスタントに改宗したという。おかげで、熱心なカソリック信者であった妹とは絶縁したらしい。

アメリカでの移民としての暮らしは、決して楽なものではなかった。バイオリンやピアノを教えて生計を立てるうち、ピアノの教え子と結婚。アーネストが生まれ、弟が生まれた。父は、二人の息子によく言っていた。

「お前たちが産まれて、ようやくこの国の人になれたと思った」

それがアーネストにとって誇らしかったのを覚えている。

十三歳の時、母が亡くなった。ほどなくして父は再婚したが、義母も優しい人であり、家族は恙《つつが》なく暮らしていた……と、思っていた。

しかし、やはり自分も「移民」なのだとアーネストが思い知らされたのは、職に就こうとした時だった。

ハーバード大学で優秀な成績を修めたにもかかわらず、なかなか就職することができなかった。その理由が、父が移民であることらしいと分かったのだ。

「元々、移民だらけの国なのに」

父が悪態をついていた。

それでも、アメリカの開拓時代の頃から暮らしている人にしてみれば、父は新参者であり、フェノロサ一家は、移民の家族だったのだ。

当時から交際していたリジーの父親は、アーネストの苦境に対して冷ややかであった。

「このままでは、君と娘の結婚を認めるわけにはいかない」

別れを促されていた。

何とかして職を得たいと考えたアーネストは、敬虔《けいけん》なクリスチャンが多いボストンで、就職に有利になるからと、勧められるままに大学内の神学校に通ったことさえあった。しかし、何の足しにもならなかった。

「……どうして」

努力を重ね、学業に勤《いそ》しんで来た。どうしても越えられない壁があるのだ。

父が営む楽器店の片隅で、夜、一人で頭を抱えていると、不安げな父の姿が目に入った。

「父さんの子である限り、無理みたいだ」

自らの絶望を吐露するように口にした。八つ当たりだという自覚はあった。しかし父は何も言わず、黙って店から家の中へと入って行った。

それから間もなくのこと。

「お父さんが亡くなった」

大学に報せがあった。慌ててボストンの大学からセイラムの家へ帰ると、青ざめた顔の義母が、楽器店の傍らで蹲《うずくま》っていた。

「一体、どうして……」

特に患っていたわけでもない。まだ年も若い。何があったのかと問うと、義母は手を合わせて天を仰いだ。

「神様……」

泣くばかりで要領を得ぬ義母の様子に苛立ち、隣人を訪ねた。幼い頃から顔見知りの、気のいい夫婦は、憐れみを込めた眼差しでアーネストを見つめた。十字を切って言う。

「海に、飛び込んだんだ」

自殺であった。

「何ということを……」

悲しさもある。だが、それ以上に怒りに震えた。

「何という罪深い」

キリスト教において、自ら命を絶つことは許されない大罪である。地獄に堕ちると言われることだ。プロテスタントのキリスト教が大きな力を持つアメリカのコミュニティに馴染むため、カトリックから改宗までしたというのに。何故、許されない罪を犯したのか。

「移民の子であるだけでなく、罪人の子になったのか」

咄嗟《とっさ》に、父を悼《いた》む以上に、己への憐憫《れんびん》が湧き上がった。そして己の非情ぶりに吐き気がした。

「余計なことを言ったせいか……」

あの夜、愚痴るともなく呟いた言葉が、これまで歩んで来た父の人生を打ち砕き、死へと追いやったのかもしれない。

罪悪感に苛《さいな》まれそうになり、激しく頭を振る。

「いや違う。だからといって自殺したのだとしたら、より一層、迷惑をかけると分かっているはずだ」

怒りに震え、悲しみから逃れる。

激しい感情の波の中で翻弄され、葬儀において牧師が読み上げる聖書も、まるで心に響かない。

父は地獄に堕ちたのだという思いが、真っ黒い闇となって胸の内に広がり続けていた。

「大変でしょうけど、しっかりしてね」

葬儀に来たリジーは、慰めの言葉をかけてくれた。しかし、リジーとの関係も最早、これで終わると思った。

そんな時、届いたのがモースからの手紙であった。

「日本に来ないか」

その話を聞いた時、アーネストは躊躇した。

見知らぬ異国に行けば苦労する。それは父を見ていれば分かる。同じような人生を歩み、いつの日か自らも命を捨てるほどに追い詰められるのではないか……と、不安が頭をもたげた。

しかし、どうせここに留まったとて、職もなく、父もない。

何もないのなら、いっそ逃げてしまおうか……。

迷いが消えたのは、モースの手紙に書かれていた「破格の待遇」であった。

「月俸二百八十ドル……」

二十五歳になったばかりのアーネストにとって、二百八十ドルという月俸は、半額を貯金したとしても、十分に豊かな暮らしが約束されている。

「君の貴公子のような風貌は、この国では間違いなく人気となる」

モースは冗談とも本気ともつかぬ文言と共に、東京大学の教員として来日することを勧めた。

「行ってみよう」

その前に、もう一度だけ、リジーに話をしてみようと思った。

「一緒に来てくれないか」

困惑顔をしたリジーであったが、破格の待遇や、モースから送られた日本の絵葉書など

を見せて懇々《こんこん》と口説くうちに、

「行ってみたいわ」

と言わせることができた。

アーネストは、日本に来て、やっと深く息をすることが出来るように思えた。

肩身の狭い移民でもない。聖書の罪もここにはない。日本人にとっては、移民であろうが、アメリカ人であろうが「西洋人」ということに変わりはない。しかも、キリスト教を批判することは罪ではなく、「仏教文化の守護者」であり、「仏教徒の救世主」になれるのだ。

「ここが、私の居場所だ」

日本に来て六年。これから始まる古物調査への思いも相まって、アーネストは静かな自信を抱いていた。

○

耳の奥で、低く読経の音声が響いている。

黒い厨子《ずし》の中には、鈍く光る黄金色の仏像があった。しなやかな指先と、優美な曲線を描く体。繊細な細工の宝冠。

そして、その表情は口元に笑みを湛《たた》えながら、眼差しは遠い。

何を、見ているのだろう……

そう思った。

「先生」

声を掛けられて、我に返った。

明治二十一年、六月。奈良の浄教寺《じょうきょうじ》の方丈で、アーネスト・フェノロサは椅子に腰かけたまま転寝《うたたね》をしていたらしい。

「ああ……どうやら夢を見ていたらしい」

「どんな夢ですか」

「あれだよ。四年前の法隆寺。夢殿で見た秘仏のことだ」

四年前、覚三とビゲローらと共に法隆寺を訪れた。夢殿にあるという秘仏、救世《ぐぜ》観音菩薩を見たいと頼み込んだのだ。

「この扉を開くことは禁忌。開ければ雷が落ち、地震が起きるとさえ言われている」

若い僧は血相を変えて言い募った。それでも構わないと詰め寄ると、やがて厳かに一人の僧が現れた。それが、住職の千早定朝《ちはやじょうちょう》だった。

「ようこそ参られました」

歓迎とはいかないが、静かな口調で応じた。そして定朝は若い僧たちを下がらせると、厨子の前に立ち、低く響く声で読経をした。

そして扉を開いたのだ。

「あの時、先生は観音像の微笑みを、アルカイックスマイルと評された。世界各地の美術を見て来られた先生でなければ言い得なかった評であると思います」

覚三は讃《たた》える。

「そうだね」

アーネストはそう答えながら、ぐっと唇を引き結ぶ。

正直なところ、あの像を見た瞬間に感じたのは、そこまで理路整然とした評ではなかった。

むしろ、「不可解」という感情であった。

世を救う観音だというのだから、もっと慈悲深く包まれるような優しい笑みかと思った。

しかし、現れた像はそうではなかった。

何だこれは。何処《どこ》を見ているんだ。

疑問が次々に湧き起こり、胸がざわめいた。

しかし、傍らにいた覚三から、

「先生いかがですか」

と問われて、ああ、と咳払いした。この像について、いつものように論評をせねばならないと思った。改めてその姿を見ると、千年以上前のものとは思えぬ精緻さである。

「実に素晴らしい造形美だ」

「しかし、この微笑みは何と表現したものでしょうね」

覚三もどうやら、表情に惹きつけられているようである。

「ああ……これは、アルカイックスマイルに似ている」

覚三は首を傾げた。

「何ですか、それは」

「二千年以上も前に、ギリシアで作られた彫刻にある微笑です。口元だけが笑いの形をとっているが、目は笑っていない」

アーネストはしたり顔でそう言ったが、果たしてそうだろうか……という疑問もある。確かに遠い国々からの影響も感じられる。しかし、それだけでは説明のつかないものがあるのだ。だが、その言葉をぐっと飲み込んだ。師として、教え子に毅然《きぜん》と答えたいという想いがあった。

「まさにここは極東。ギリシアから大陸を渡り、清や朝鮮を渡り、たどり着いた技術があっても不思議ではない。これはまさに国の宝……東洋の、世界の宝です」

覚三は、なるほど、と応え、アーネストもまた、自らの中で湧き起こった不可解な思いを論評の中に閉じ込めた。

しかし、東京に帰ってからも、ふとした瞬間にあの救世観音の何も映さない眼差しと、静かに口の端を上げただけの奇異な微笑みが、読経の音声と共に蘇《よみがえ》る。その理由が知りたくて、調査の後にも仏教について調べ始めた。様々な僧侶に会い、数多《あまた》の書を読んだ。

するとリジーは怪訝《けげん》な顔をした。

「何だか怖いわ。貴方、どんどん異教徒になっていくみたい」

リジーとて、かつては一緒になって聖書に書かれる堅物な「神」に文句を言ったこともある。しかしそれは、彼女にとっては小さな悪戯心の現れでしかない。日本においても教会に出向き、ミサに参列している。

「別に異教徒になるわけじゃない。ただ、哲学として関心があるだけだ」

実際、仏教は哲学によく似ていた。学生時代に学んだヘーゲルの弁証法には「正反合三段階論理」というものがある。

「世界に神があり、魔があると考えるのであれば、その二つはいずれかが倒れるまで永遠に戦い続けることになる。しかし、神でも魔でもない、いずれをも統合したより高い判断があれば、その争いは終わる」

という。すると、ある僧侶は、

「それは、さながら我らの仏教における、三諦《さんだい》に似ています」

と語った。

三諦とは、世の中のあらゆるものについて、「皆、空無」とする空諦《くうたい》、「皆、仮有《けう》」とする仮諦《けたい》、そして「有でも空でもない」とする中諦《ちゅうたい》の三つを指す。

「この空仮中が融け合う中にこそ、真理があると考えるのです」

ヘーゲルの言う神でも魔でもないもの。それが在るのは、仏教の「空仮中の融け合う中」なのかもしれない。そう考えると、アーネストが長らく抱えて来た生きることの割り切れなさが、幾らか軽くなるように思われた。

「そんなにおっしゃるのなら、戒を受けられたら良い」

勧めたのは、元老院議官である町田久成《まちだひさなり》であった。町田はアーネストとはしばしば顔を合わせていた。十五歳年上のこの男は、薩摩藩の出身で、かつての内戦では前線に身を置いたこともある元武士だという。しかし今は猛々しさを感じさせない、静穏な佇まいの男であった。

町田からの意外な提案に、アーネストは躊躇した。

「改宗しろとおっしゃるのですか」

「それほど堅苦しく考えずとも。日本人の多くも、仏教徒でありながら、教会にも訪れていますから」

確かに、今のこの国は「異教」を恐れない。

「八百万《やおよろず》の神がいるのだから、耶蘇《やそ》の神が一柱増えたくらい、何てことはない」

学生の一人が、笑いながら言っていたことがあった。してみると、「神」の眼を恐れて生きて来た己が馬鹿馬鹿しく思えるほどであった。

「受けてみよう」

そうすれば、今、己の内で絡まっているものの答えが見えて来るかもしれない。

「私も戒を受けてみたい」

ビゲローも申し出た。

ビゲローが仏教に魅せられているとは知らなかった。その理由をそれとなく尋ねると、意外な答えがあった。

「私の母は、自ら命を絶ったんだ。母が地獄を彷徨《さまよ》っていると思いたくなくてね……」

ビゲローもまた、母の「罪」の中にいたのだ。生まれも育ちもまるで違うにもかかわらず、アーネストとビゲローが遠い異国の地で、友と呼べるほどに親しくなれたのは、その重い枷《かせ》を知らず知らず分かり合えていたからかもしれない。

戒を授けてくれることになったのは、五十二歳の桜井敬徳《さくらいけいとく》という律師《りつし》であった。三井寺《みいでら》の僧侶であるが、東京に町田久成を訪ねて来た時に、町田の別邸で儀式を行うこととなった。

「こうして私が戒を授けるのも、ご縁というものでございましょう」

桜井敬徳の声は低く重く響く。アーネストは、はい、と応えつつ、敬徳の存在感に圧倒されていた。錦の袈裟を纏《まと》った敬徳の佇まいは、どこかあの秘仏にも似ていた。何も映していないかに見えて、全てを見通しているような、空仮中の眼差しを持っていた。

そして敬徳は徐《おもむろ》に、優雅な所作で剃刀《かみそり》を手にして、読経と共にアーネストの髪を一房だけ剃り落とした。

その瞬間、自らを縛っていた見えない鎖が外れたように感じた。ただの儀式でこれほどまでに心が軽くなるとは思わなかった。アメリカ社会に迎合しようと足掻《あが》いていた思いが、消えていくようである。

リジーが反対していた理由が分かる。もう、かつての自分には戻れない気がした。

そして今、再び四年ぶりに法隆寺を訪ねようとしている。そのことにアーネストは静かに高揚していた。

「法隆寺が楽しみだね」

傍らの覚三に問いかける。

「ええ。今回は大勢ですからね」

前回は少人数であったが、今回は文部省の役人に芸術家、それに新聞記者たちも含めて二十人以上になる。大々的にあの秘仏を公開しようという試みなのだ。

果たして皆、どんな思いを抱くのか。

「それより先生、ご覧ください」

覚三に促されて、アーネストは立ち上がる。方丈から浄教寺の本堂を覗くと、続々と人々が集まっているのが見えた。

「皆、先生のお話を聞きたいと集まっているのです」

「思っていたよりも多いな」

「それはそうですよ。先生がいらっしゃらなければ、数多の仏像や古物が守れなかったんですから。さあ……」

覚三に促されて、アーネストは浄教寺の本堂へと向かった。そこにはなんと、五百人余りの聴衆があった。

アーネストは改めて一つ大きく頷くと、一歩前へ進み出た。居並ぶ人々の眼差しが、一斉に注がれる。その目には、異邦人への好奇心と共に、知者への尊崇《そんすう》もある。

緊張というよりも、高揚した想いが胸に湧き上がる。

――仏教徒の救世主《メシア》
皮肉めいたビゲローの言葉が、現実味をもって蘇る。聖書において、大勢の弟子たちを前に山上で説教をしたイエス・キリストは、かくも誇らしく、陶酔した心地であったろうか……

そんな場違いな妄想が過《よぎ》るほどであった。

「皆さま、本日はありがとうございます」

異人の「帝国大学教授」が、挨拶だけでも日本語で発すると、それだけで目の前にいる人々の顔がパッと明るくなる。

続く演説は、覚三の通訳によって伝えられた。

「以前、古都ローマを訪ねました。そして今、こうして奈良にいる。二つの都市は実によく似ています。美術はいついかなる時も、世界に決して欠かすことができない。文化の要《かなめ》です。それがこの奈良には溢《あふ》れている。そしてそれは、奈良という一つの町だけのものではなく、日本の宝……いや、世界の宝なのです。これらを守ることは、奈良のみなさんにとって義務であり、栄誉であると思います」

語るうちに自然と熱を帯びてくる。

はじめのうちは、通訳をする覚三の方にばかり目を向けていた聴衆が、英語で語るアーネストの熱を感じようと視線を向けて来るのが分かる。

語り終えた瞬間、ああ……ここに来て良かった。思いを伝えることができて良かった。胸が熱くなるのを感じていた。

「素晴らしい講演だったよ」

散会した後、ビゲローが声を掛けて来た。

「……ありがとう。やや熱が入り過ぎたかもしれない」

自嘲《じちょう》気味に苦笑する。

「リジーも、聞けたら良かったのに」

ビゲローの言葉に、すっと先ほどまでの熱が冷めるような心地がした。

「ああ、そうだね……」

頷きながら、その話題から逃げるようにアーネストは目を逸らした。

リジーはこのところずっと、アメリカに帰りたがっていた。

その理由は一つ。昨年、長男のカノーがわずか七歳で亡くなったのだ。

風邪をこじらせたことがきっかけで、呆気なく世を去ってしまった。アーネストはもちろん悲しんだが、リジーの悲しみは一層、深い。

「もし、日本でなければ……ボストンならば、もっと良い医者に診せられたはず。そうすればカノーは死ななかったのに」

リジーは嘆きながら言った。医師であるビゲローは、

「幼い子の突然の死については、我らとて全能ではないよ」

と慰めるが、リジーにはその声は届かない。

「ブレンダのためにも、早く帰りたい」

まだ幼い娘が、カノーと同じように死んでしまうかもしれないという不安が、リジーを蝕《むしば》んでいた。

しかし日本での職を捨ててアメリカに帰ったところで、今と同じだけの給与や暮らしは叶わないのだ。

……帰りたくない、と、アーネストは思う。だが、口にすることはできないまま、リジーから逃げるようにこの旅にやって来たのだ。

「私には、私にしかできない役目がある」

それが辛うじてアーネストを支えていた。

講演から数日の後、アーネストは法隆寺の夢殿の前に四年ぶりに立っていた。

「ようやく、皆様にも御覧いただけます」

流暢な日本語で言うと、待ち構えていた名士や記者たちが笑顔を見せた。

「こうして、秘仏を拝見できるとは。先生のおかげです」

アーネストは、誇らしさと共に静かに首を横に振る。

「いえ。これは最早、縁《えにし》というものでしょう」

仏教徒らしく言い、恭《うやうや》しく合掌をする。すると、先ほどまで寺僧らと共に話し合いをしていた岡倉覚三が一行に歩み寄って来た。

「さあ、中へ」

声に導かれるように、人々が足を進めていく。

夢殿の中は決して広くはない。ひんやりとした堂内には、一度に入れる者は限られ、厨子の前に立つのは数人だけ。アーネストは、皆を先導するように堂の中へ入り、期待に満ちた人々の顔を見回した。

……私が開いた。だから、皆も見ることができるのだ。

その想いは、アーネストの自尊心を大いに満足させていた。

「では、開きます」

寺僧の声と共に、読経が始まる。

世尊妙相具　我今重問彼　仏子何因縁
名為観世音　具足妙相尊　偈答無尽意……

声は低く重く響き、厨子の扉が開く音がする。写真家小川一眞《おがわかずまさ》のマグネシウムリボンのまばゆい光が、夢殿の中を照らす。

現《うつつ》と幻、聖と俗。

全ての狭間《はざま》が光の中で溶け合うような時。アーネストの目の前に、再びあの秘仏が姿を見せた。

初めて見た時とは違う……いや、その不可解な笑みの奥にあるものが見えたように感じた。

……Forgiveness……

そこには「赦し」があると思えた。

聖書の「神」の眼差しに、そして神を信じるアメリカの人々の眼に、罪人《つみびと》の子として怯えてきた。しかしここにいるのは、聖書の「神」とは違う。全く異質な、けれども聖なるものなのだ。

その眼は、誰のことをも映していない。ただ虚空を見つめ、静かに口元に笑みを湛える。唯一人を救うのではなく、遍《あまね》く世を救う、救世観音の姿そのものだ。

そう感じた瞬間、立っている足元から震えが全身を駆け巡っていくように思えた。

まだざわついている己の内を鎮めるように、アーネストは幾度か大きく息をした。そして、改めて救世観音菩薩像を見上げた。

「ここが……楽土だ」

全てが救われる「約束の地」があると、聖書は語る。しかし、故国アメリカで「約束の地」は見えないまま、砂漠を彷徨《さまよ》い続けるような日々だった。

今、遠い極東の地にあって、ようやく見つけた。

ここここそが、私にとっての楽土なのだ。

「たとえ、この国を去ることになっても、私は必ずここに帰って来る」

聞こえぬほどの小さな声で、呟く。

開かれた扉の奥。空仮中の眼差しを持つ救世観音菩薩は、何も答えないまま佇んでいた。

○

枯れ葉が風に吹かれて舞い落ちている。石畳の道を歩きながらコートの襟を立てたアーネスト・フェノロサは、足早にボストン美術館の通用口に向かって歩いていた。

一八九四年、十一月のこと。

今日は一日、執務室で図録の作成をしなければならない。資料は揃っていただろうか……と、思案していると、表玄関の方が騒がしい。ふと目をやると、美術館の理事であるビゲローが、VIPと共に玄関を入るのが見えた。秘書や取り巻き、新聞記者たちと共にいるVIPは、最近このボストンから選出された議員であったか。談笑している声を響かせ、一行は美術館の中へと入っていく。

その姿を見送ると、一陣の風が吹き抜け、アーネストは再び寒さに首を竦《すく》めながら、通用口から中へ入った。

「おはようございます、ミスタ・フェノロサ」

警備員に声を掛けられ、おはよう、と返す。

いつもの日常が始まった。

日本の帝国大学との契約が切れたのは、浄教寺で講演をし、二度目に秘仏を開帳してから二年が経った時だった。リジーの帰国への願望は強く、帝国大学も契約の更新を勧めなかった。

「帰国したらぜひ、ボストン美術館に来てくれ。ポストは用意したよ」

亡くなった父親からボストン美術館の理事職を引き継いだビゲローから、東洋美術部長として迎えられることになった。それを聞いたリジーは大いに喜んだ。

「素晴らしいわ。日本での貴方のキャリアが役に立つし、友人との縁も続く。私も、両親とも会えるし、ブレンダも一安心よ」

何よりも、七歳になるブレンダを無事にアメリカに連れて帰れることに喜んだ。給与は、帝国大学の半分になるが、彼女は気にしていなかった。

「贅沢は十分に楽しんだわ。これからは私たちの国で、堅実に生きていけばいい」

リジーの言うことは正しい。贅沢をしようと思わなければ、今の給与で十分に足りる。

東洋美術を管轄するという立場も、確かにこれまでのキャリアを思えば順当だ。

収蔵された日本美術の目録を作る傍ら、北斎展に浮世絵展、大徳寺五百羅漢展……次々と開催される展覧会のほとんどを、たった一人でこなしていく。

「東洋美術のプロフェッショナルだから」

そう言えば聞こえは良いが、実際は誰も引き受けないからに過ぎない。しかも、西洋美術こそが美術であると考える者も多く、「所詮は辺境のフォークアートだ」と、聞こえよがしに揶揄《やゆ》する声もある。

苛立ちと虚しさを抱えながら、美術館のバックヤードにある執務室へ向かった。

薄暗い廊下を通り、扉を開ける。

部屋の中には、山のように積まれた本と、その狭い空間に不似合いな迫力を持つ屏風があった。長谷川等伯《はせがわとうはく》の「龍虎図屏風」である。

右隻《うせき》、左隻《させき》を、アーネストとビゲローの二人でそれぞれに買い、ボストンまで持って来たのだ。

墨で描かれた龍と虎は、互いを睨みながら、生き生きとした力を漲《みなぎ》らせている。これを一目見た時に、絵師の並々ならぬ力量を感じた。自ら六曲一双をそろえたかったのだが、持ち合わせがなかった。

「これがただならぬ作品だというのは、私も分かる。ぜひ片方は私が。そして、本国では共に並べて展示しよう」

ビゲローの言葉にアーネストは歓喜したのだ。

「龍虎とは、互いに優劣をつけ難い英傑を表す言葉なのです」

覚三の解説を思い出す。

これを買った時、アーネストは帝国大学の教授であり、仏教徒の救世主であった。ビゲローは異国から来たコレクターであった。共に、日本の文化への影響力は、優劣つけ難いほどに大きかった。

しかし今は違う。

片やＶＩＰの接待をしながら、取り巻きと共に正面玄関から入る美術館の理事。片や、狭い通用口から入り、薄暗い執務室で資料に埋もれる一職員である。

「龍虎とは……言えないな」

何とも皮肉な作品だ。今日はこれについての図録を作らねばならないと思うと、思わず深いため息が出た。

その時、コンコンとノックの音がした。

「どうぞ」

返事をすると、ゆっくりとドアが開いた。そこには、年若い女性が一人、立っていた。

「あの、フェノロサ先生ですか」

「そうですが……貴女は」

「メアリ・スコットです。先生の助手として参りました」

そう言って握手を求めるように手を差し出された。書籍の編集経験があり、日本にも来訪したことがある人を選んでほしいと伝えていた。

「君が……」

思いがけず若い女性であったことに戸惑いながらも、握手を返す。

「よろしくお願い致します」

彼女の名はメアリ・マクニール・スコット、二十九歳。ニューヨークで雑誌の編集に携わっていたという。

「それがどうして、東洋美術に」

「日本に住んでいたことがあるのです。一年半ほどの短い間ですが……」

「そうなんですか」

その言葉に、何故か遠い故郷の友人に久々に出会えたような喜びがあった。

「日本のどちらに」

「鹿児島に……夫がいたので。もう、別れたのですが」

自嘲するように笑う。どうやら訳があるらしいことは分かったが、それ以上のことを聞こうとは思わなかった。

「ともかく、日本のことを知っている人が来てくれて良かった。一人ではどうにも手が回らなくてね。よろしく頼みます」

実際に仕事を始めると、メアリは実に優秀であった。口述筆記でも間違えることはなく、調べものを頼めば、すぐに出来る。意見を尋ねてみても、臆することなく話す。東洋美術への敬意もあり、自らもよく学んでいた。

「つい先日、出版されたラフカディオ・ハーンの本が、とても面白かったのです。あの独特の世界観の中に、先生のおっしゃる日本があるのでしょうね」

アメリカの出版社の通信員として日本に赴いたラフカディオ・ハーンは、『Glimpses of

Unfamiliar Japan（知られざる日本の面影）』と題し、出雲地方の話を紹介していた。

「日本の文化について、もっと知りたいと思っていたので、先生のお話をこうして書きおこすだけでも、本当に楽しい」

メアリは心底楽しそうに笑い、よく働いた。共に過ごす時間が長くなるうちに、仕事以外の話をすることも増えた。

「私は南部のアラバマ出身なんです」

メアリは十八歳の時に、学生時代からの恋人と結婚をし、一人息子のアレンを産んだもののほどなくして夫と死別してしまった。一人で息子を育てていこうと決意していたのだが、同じく学生時代からの友人だった男性、レドヤード・スコットから求婚されたのだ。

当初メアリはその申し出を断った。傷心のレドヤードは、英語の教師として日本に渡ったのだが、諦めきれなかったらしい。何度も手紙で求婚し続けた。メアリも周囲から「将来のためにも再婚を」と勧められた。それに、レドヤードの手紙にある「日本」と言う国に興味も湧いた。

そして四年前、五歳になるアレンを連れて、レドヤードの住む日本、鹿児島へ渡ったのだ。

しかし、鹿児島でのレドヤードとの暮らしは一年半余りで破綻。レドヤードの子を身籠ったままで帰国し、娘、アーウィンを産んだ。

レドヤードはメアリを追って帰国して関係修復を望んだのだが、メアリの決意は固く、遂に離婚することとなったのだという。

「一人目の夫と死別。二人目とは離婚……。あまり褒められたものではないですね」

メアリは自嘲するように笑う。

「しかし、そのおかげで君はこうして、私の仕事を手伝ってくれている。それも縁《えにし》だね」

「縁ですか」

「仏教的な考えだよ。人と人との巡りあわせは、理屈ではないということさ」

そうなんですね、とメアリは笑う。

これまでの孤独な作業を思うと、メアリが来てくれたことは、仕事の上ではもちろん、心の上でも大いに救いになっていた。

家では、日本のことなど話すこともできない。あの日々を懐かしむ思いもあるのだが、リジーにとっては「カノーの死」に繋がる日本での記憶は、全て消し去りたいほどらしい。

「覚えているかい、東京で……」

と、切り出すだけで、

「ああ、その話はいいわ」

話を逸らすのだ。

ビゲローは、帰国した直後こそ、度々訪ねて来ては、二人で酒を酌み交わすこともあった。しかし今では、彼には彼の社交界の付き合いもある。大富豪の理事と一職員では思い出話に花を咲かせることも難しい。

メアリとの作業の時間だけが、日本に思いを馳せる時であった。それぞれの机で仕事の手を止めて語る。

「千年もの間、閉ざされていた秘仏の扉を、私が開いたんだ。それによって、日本の人々が仏像の真価に気付いたんだ」

誇張を交えた自慢話を興味津々に聞いてくれることが、ただ嬉しかった。

実際には、あの秘仏の扉はアーネストが開くよりも前に、日本の政府によって調査の為に開かれている。そのことを知ったのは、帰国の少し前である。しかし、政府にとってそのことは、余り公にしたい話ではないようだった。

「帝国大学のフェノロサ先生が初めて開けたという方が、世間には受け入れやすいでしょうから」

そう言ったのは、博物館の初代館長、町田久成であった。

事実を知った時、アーネストはやや残念に思った。しかし、町田が言うように、「フェノロサ先生」という立場の異邦人だからこそ、開くことができた。あの浄教寺の講演のような聴衆の熱気は、他の何人でも得られなかっただろう。

メアリに語ることで、アーネストの中の日本における「仏教徒のメシア」たる己が、輪郭を伴って立ち現れる。それが虚像かもしれないという不安が薄らぎ、高揚が蘇って来るのだ。

「ああ……日本に行きたい。いや、帰りたい」

溢れるように呟く。

「帰る……ですか」

メアリが問う。アーネストはああ、と深く頷いた。

「私にとってここ……アメリカは居るべき場所ではないように思える。日本こそが故郷のように感じられるんだ。今はただ、あの国が恋しい」

焦がれるように思う。しかし、ここでの仕事がある。リジーがいて、ブレンダがいる。愛しいはずの絆が、足枷《あしかせ》のように感じられる時があり、そのわがままに、罪悪感を覚えることもあった。

しかしメアリはそれを責めたりはしない。

「そこが居場所だと気付いてしまったのなら……仕方ないのではありませんか」

掠《かす》れるような声が、胸に沁みる。

禁じられるほどに、焦がれる思いがある。それはアーネストにとって、日本への思いであった。その郷愁が許されると思った瞬間、目の前のメアリへの思いもまた、広がっていくように思えた。

「行きたいな……一緒に」

思わず、口をついて出た。偽らざる本音だ。言葉にして気付き、慌てて自分の口を手で覆《おお》う。

暫くの沈黙が流れた。

メアリがゆっくりと立ち上がる。そのまま部屋を出て行くかもしれないと思い、アーネストは机に視線を落とした。しかしメアリはドアではなく、アーネストの方に向かった。そして、アーネストの背後から包むように抱きしめる。

「私も、望んでいます」

その瞬間、脳裏には真っ直ぐにあの極東へ向かう道筋が見えた気がした。


アーネストとメアリの関係が変わりつつあることに、真っ先に気付いたのはビゲローだった。ある日、美術館の理事室にお茶に呼ばれた。他愛もない話をしていたのだが、不意に、

「まさか、君がリジーを裏切るようなことはないな」

と、切り出したのだ。

「何のことか分からないな」

曖昧に笑って誤魔化す。

「分からないのならいい。日本まで一緒に行き、共に暮らしてきたリジーを大切に」

「もちろんだよ」

そう答えつつ、アーネストは苛立つ。

そもそも先に裏切ったのはリジーだ。リジーとの結婚のために、仕事を求めて日本に渡った。慣れない土地でも務めて来たし、贅沢な暮らしができるように尽力した。その日本

での日々の全てを否定されるのが辛かった。

それでも耐えねばならないと思って来た。しかし夫婦の不協和音は、メアリと知り合ったことで、より一層、響いてくる。心はリジーとのボストンでの穏やかな日常から逃れて、メアリと日本に渡ることに惹きつけられていく。

やがてボストン美術館との五年間の契約期間が満了となった。ビゲローは当然の如く、友人アーネストのために美術館に契約更新の交渉をしていた。

「日本美術目録の仕事は、君のほかに任せられないから」

ビゲローの配慮はありがたくもあるが、一方で卑屈な思いを助長する。日本美術についての知識でも理解でも、ビゲローよりも遥かに勝る。しかし、生まれの違いによって、こんなにも立場は変わる。「龍虎図」のように横に並ぶことは永遠に叶わないのだ。

ここにいると、どんどんと自分が小さく、嫌な人間になっていくようだった。

「もう一度、日本に行きたい。日本に行く仕事をくれないか」

せめて少し、距離が欲しいと思った。しかしビゲローは首を縦には振らない。

「いずれ行ってもらうこともあると思う。でもまずは国内での仕事をしてくれ。それに……日本に、入れ込み過ぎてはいないか。心配だ」

それを聞いてアーネストはビゲローに対してやや失望していた。

結局、ビゲローにとっての日本は、自国とは違う文化風習を持つ辺境でしかないのではないか。アーネストの奥底に疼《うず》く郷愁に似た感慨を理解してはくれないのだと思った。

「ともかくも、契約更新するまで、暫くゆっくりと休みなさい。働き過ぎたんだ。リジーやブレンダと過ごすといい」

ビゲローにしてみれば、メアリと距離を置けば、冷静になると思っているようだった。

アーネストとてリジーを裏切りたいわけではない。穏やかな日々が来ればいいと望んでもいた。いっそメアリへの想いは錯覚で、日本へ行きたいという願いも執着でしかなく、現実の幸せの前には霞んで見えるといい。

「こんなにゆっくりするのは久しぶりね」

リジーは何も知らずに、アーネストの休暇を喜んだ。リジーとブレンダと共に、久しぶりにのんびりとした時を過ごし、日曜日には教会に赴《おもむ》く。妻と共に、地元の音楽会に顔を出し、義母や弟たちの元を訪ねる。

ありふれた日常がそこにあった。

家族三人で散歩に出かけたボストンの公園では、フォスターの音楽に合わせて人々が楽しげに踊っていた。腕を組んで歩いていたリジーはそれを眺めており、ブレンダは踊りの輪の中へ入っていく。

「いい天気ね」

リジーは穏やかにほほ笑んでいた。理想的な休日だった。

しかし、日本へ行きたいという、ざわざわとした焦燥感は消えるどころか増すばかりだ。

そんな時、メアリから誘いの電話があった。

「ニューヨークで、働いてみませんか」

メアリはアーネストのために美術専門誌の主筆のポストを用意したという。

「日本に一緒に行くまでですけど」

メアリは、分かってくれている。そのことが嬉しかった。そして、決意は固まった。

「離婚してほしい」

切り出されたリジーは当然ながら激怒した。

「まさか、噂は本当なの。離婚歴のある女とただならぬ関係にあると言う話を聞いたわ。ビルは、そんなことはないと言っていたのに……。まさかニューヨークでその人と暮らすつもりなの」

詰め寄られても、何も答えない。リジーは一層、腹を立てた。

「私は別れるつもりはありません。勝手なことを言わないで」

リジーの怒る声を聞いても、頭の芯が静かに冷え冷えとしているのを感じる。リジーはもうずっと、アーネストの心を無視し続けて来たのだ。最早、分かり合えるはずもない。

一方のリジーにしてみれば、学生時代からの付き合いで、長らく苦楽を共にしてきた夫だ。それが、評判の悪い女と共に遠ざかろうとしていることに困惑していた。

「どうしても別れると言うのなら、私は貴方を訴えます。貴方に不貞があったのだと。そして、ブレンダのためにもお金が要るわ。今のボストン美術館の給与と同じ……いえ、それ以上のものを貰わなければ。貴方の娘を育てていくのですから」

不名誉と経済的負担。その双方を突き付ければ、少しは頭が冷えると思ったのだろう。しかし、アーネストはその言葉に、より一層、心が冷え固まった。

「それでいいのならば、そうしよう。具体的な話は、書面で交わそう」

そう言い置いて、家を出た。

ビゲローもまた怒り心頭であった。

「君を信頼して美術館に採用した私の立場になってくれ。少なくとも、君に任せた仕事は全うするのが務めではないのか」

確かにその通りだとも思う。しかし、元に戻るつもりはない。心が、体が戻れない。

「それでいいのね、アーニー」

ニューヨークのホテルの一室で、傍らのメアリが問いかける。ビゲローからの手紙を破り捨てたアーネストは、メアリの細い肩を抱き寄せて、額《ひたい》に口づける。

「私はただ、いるべき場所に帰るんだ。それはもう、運命なんだよ」

離婚は裁判にまで発展した。

「夫は、売春婦と関係を持って妻たる私の名誉を傷つけた」

リジーの訴えは、根も葉もない言いがかりである。リジー側の証人となっていたビゲローは、リジーが何一つ不実をしていなかったこと、アーネストがリジーを裏切ろうとしていることを判事に語った。

アーネストは妻と友を向こうに回して、反論する気も失せていた。

「君たちがそう思うのならば、そうなのだろう。全て、受け入れる」

破格の扶養料や財産の分与も受け入れた。

「ボストン美術館に二度と戻れなくなるぞ」

ビゲローは友の最後の砦を守ろうとしていた。それすらもはねのけるように、一通の電報を美術館に送る。

「日本美術部所蔵絵画を私に無断で撮影することを禁じられたし」

正に恩を仇で返すかのような言い分である。

ビゲロー以外の理事たちは激怒し、アーネストの解任を要求した。それでもとりなそうとしたビゲローの元に、アーネストの辞表が叩きつけられたのだ。さすがのビゲローも、庇《かば》うことができなかった。

友を、妻を裏切ったが、アーネストは構わなかった。

「日本に行けば全てが解決する」

アメリカではボストン美術館の一職員でしかない。しかし、日本では仏教徒の救世主であり、芸術発展の立役者なのだ。

あの、奈良の浄教寺での演説で、人々がアーネストに向けた熱気と、憧れに似た眼差しが、今も胸を熱くする。

そして、静かな佇まいを持つ秘仏との対峙も、穏やかな寺の空気も。全てが自分を受け入れてくれる場所に戻ることができるのだ。

日本を後にしてから、七年。

「やっと帰れる……」

全てのしがらみから解き放たれた自由の中で、船の甲板に立つ。

「これは、私の運命なんだ」

アーネストは確かめるように熱く呟く。

傍らのメアリの肩を抱きながら、遠く波濤の向こうを見つめる。愈々《いよいよ》、帰れるという胸の高鳴りを抑えることができなかった。

○

広大なルーブル美術館の中を歩きながら、アーネストは目の前にある仏像を眺めていた。ガンダーラ美術の仏頭である。

日本で何度か会ったフランス人コレクター、エミール・ギメが、日本や東洋において、仏像をコレクションしていた。ギメ自身が、自ら建てた美術館にもそれらは収蔵されているが、彼の協力を得て、ルーブルが手に入れたものもあった。

これもそうした一つなのだろう。

アーネストはふと、その仏頭の前で手を合わせる。

一九〇八年、六月。

ボストン美術館を辞めてから、十二年の歳月が流れていた。

その間、アーネストは度々、日本を訪れていた。そこで何よりも嬉しかったのは、メアリが共に三井寺を訪ね、戒を受けてくれたことだった。

「貴方との縁を来世も繋いでいたいから」

その言葉に、心底救われた思いがした。この人との縁のために多くを失ったが、その意味はあったと思えたのだ。

ゆっくりと館内を歩いていると、不意に後ろから声が掛かった。

「先生、フェノロサ先生ではありませんか」

振り返ると、そこには懐かしい顔があった。

「カクゾー……いや、天心《てんしん》と呼ぶべきかな」

口ひげを蓄え、和装に身を包んだ岡倉覚三であった。今は、号を天心とし、自ら岡倉天心と名乗っていると聞いていた。

「お久しぶりです、先生」

「ああ……何年ぶりだろうね」

アーネストがメアリと共に日本に渡った時、最初に会いに行ったのがこの岡倉覚三であった。以来、日本に訪れる度に顔を合わせていたのだが、ここ数年は互いにすれ違うことが多かった。久しぶりに会うのが、フランスのルーブル美術館になるとは思ってもみなかった。

「こちらへは、いつから」

「つい先日。その前はスペインの画家の作品評を書いていたんだ。君は」

「私も、二、三日前です。ボストン美術館の東洋美術部の仕事でこちらに参りました」

覚三の声に、苦みが混じった。アーネストは、ああ、と、曖昧に返事をする。

アーネストがボストン美術館から逃げるように去った後、ビゲローがその後継に、覚三を日本から招いたと聞いていた。

「四年ほど前に君が渡米したとは聞いている。ボストン美術館での仕事はどうだい」

「ビゲロー氏の御力添えもあり、順調に日本美術についての紹介が出来ていると思います」

それから、二人は並んで美術館の中を歩きながら、最近の美術の動向や、ギメ美術館のコレクションのことなどを話していた。

本当はもっと深い話がしたかったようにも思うが、互いの間には、どうにも埋まらぬ溝がある。


アーネストがメアリと共に日本を再訪した時、岡倉覚三は東京美術学校の校長であった。学校立ち上げの際には、アーネストも副校長として参加していたこともあり、当然、教員となれるだろうと考えていた。

しかし、話はそう簡単ではないと、覚三は渋い顔をした。

「うちの学校でも、今のところ先生にいらしていただくほどの予算はなくて……」

役人に相談したのだが、良い話は見つからなかったという。

「最近では、いわゆる御雇外国人といった方々は余り重用されなくなりました。先生が帰国されてからの歳月で、この国は随分と成長したのです。これまでは欧米列強の力を借りながらよちよち歩いていたものが、独り立ちを始めた。そのことをどうか、共に喜んで下さいませんか」

確かに、日本を離れている数年の間に、東京の風景は著しく変わっていた。鹿鳴館がやっとできたばかりだったかつてとは違い、西洋風のレンガ造りの建物が並び、洋装の男女も増えている。道は整備され、かつて土の道を走っていた駕籠は消え、馬車と人力車ばかりが走っていた。

「そうだね。素晴らしいことだよ」

アーネストはそう答えたものの、不安は隠せない。覚三もそれを察していたのだろう。

「暫くお待ち下さい。美術学校が軌道に乗れば、こちらにいらして頂くことも出来るかと」

だが、そのまま徒《いたずら》に一年の歳月が過ぎた時、思いがけない報せが飛び込んで来た。

「岡倉覚三が、美術学校長の職を解かれた」

理由は、九鬼隆一《くきりゅういち》の妻、波津子《はつこ》とのスキャンダルであった。

「申し訳ありません」

謝る覚三に、アーネストは掛ける言葉もない。自らも妻子を捨てて日本に来た身なのだ。

「君も辛い立場だね」

そう言いながらも、内心は焦っていた。

リジーとの離婚に伴い要求された金額を払うには、日本で、以前と同じくらいの額を稼がねばならない。このまま日本で職もなく放浪しているわけにはいかないのだ。

教え子の一人、嘉納治五郎《かのうじごろう》の紹介で、東京高等師範学校などで英語の教師をすることとなったのだが、その給金は百五十円。当時の日本社会においては決して安くはない。だが以前は大臣に次ぐ高給取りであったアーネストからすれば、半分以下の給与である。

日本に行けば全て解決するという読みは甚《はなは》だ甘かったのだ。

アメリカに送金しながら日本で暮らすためには、講演も執筆も、引き受けられる全てをこなさねばならなかった。さらに、今後のことを考えるならば、アメリカで稼がなければならない。とはいえ、ボストン美術館に戻ることはできない。

そんな時、メアリから一つの提案があった。

「日本のことを伝える伝道師になってみてはどうかしら」

アーネストは日本に滞在している間に、古事記や万葉集などの文学についても学んで、アメリカへ戻った。ボストンに近づくことはせず、日本の文化や風習、芸術について、アメリカの東部から中西部を訪ねては、講師をして歩いて行ったのだ。

「さながら旅芸人のようだ」

自嘲するように思っていたのだが、事態は日本が日露戦争で勝利したことで大きく変わった。大国ロシアを打ち破った極東の小国の正体を知りたいと言う者が、アーネストに講演や執筆を次々に依頼してきた。

それでようやく、リジーとブレンダへ送金をしながら、メアリとの暮らしが安定するようになったのだ。


ルーブル美術館の中を並んで歩く覚三は、ふと隣のアーネストに小さく頭を下げた。

「ボストン美術館でも、先生の噂は耳にしました。アメリカ随一の日本通であると。方々で、先生が日本について良く語って下さっていたこと、日本人として感謝しております」

「そう言ってもらえると嬉しいよ」

確かに、愛する日本の魅力を伝えるために尽力してきたという自負もある。

だが一方で、日本に対しての負い目もあった。

その時、二人の前には古代ギリシアの優美な像が聳《そび》えていた。覚三はそれを見上げて嘆息する。

「こうした物をコレクションできるのもまた、列強の力の現れなのでしょうね」

覚三は、やや皮肉めいた笑みを浮かべながらアーネストを振り返る。アーネストは唇を引き結び、曖昧に頷く。

アーネストは最初の帰国の際にも、狩野派や琳派《りんぱ》の絵画コレクションを携えていた。場合によっては、役所から「置いて行くように」と言われるかもしれないと危惧していたのだ。しかし、日本の役人は未だ、文化の価値について分かっていなかった。正しく金で購《あがな》ったものである以上、留めようとはしなかった。

覚三だけは、やや寂しげな表情を見せた。

「先生、それをアメリカへ持っていかれるのですか」

アーネストは、ああ、と答えた。

「長い歴史の中で、一時、私が預かるだけだ。この国の人々が価値に気付く日が来れば、それはいずれ帰るだろう」

事実、放置しておけば、寺の隅や屋敷の蔵の中で、長年にわたり黴《かび》臭くなっていくだけのものもある。美術館の管理の下で展示されることとなれば、極東の小国の美術が世界に知られることになる。その方が、この国に留めておくよりも遥かに意義があると、信じていた。

しかし、ボストン美術館に背き、離婚して、メアリと共に日本に渡ってからは、そんな高邁《こうまい》な思いだけで動いていたわけではない。

新たに知り合った日本美術のコレクターの一人、チャールズ・ラング・フリーアからの依頼で、琳派《りんぱ》や北斎の肉筆画を探し回った。それらが貴重なものであると知りながら、フリーアに仲介した。その時は、美術への愛以上に、画商としての算段が勝っていたことは否めない。

「先生には、随分と……日本の宝を持っていかれてしまった」

覚三は小さな声で言い、苦い笑みを零《こぼ》す。アーネストはその言葉に頬を固くする。

列強が、戦利品として他国の文化を奪う。その繰り返しを、アーネストはかつては野蛮だと思っていた。己は違う。敬意も愛もあると信じて来た。だが、奪われる側にしてみれば、同じことだったのかもしれないという、自責の念が湧き上がった。

「君は、どう思っているんだい。ボストン美術館の東洋美術コレクションを……」

あれらは、アーネストとビゲロー、それにフリーアたちが金で買って来たものだ。日本の宝とも言えるものだと知りながら持って来た。フランスでは、エミール・ギメが同じように貴重なものを買い集めた。日本のフォークアートは、その精緻な造形美に比して、国内での評価が低いというのが、西洋列強のコレクターたちの認識であった。だからこそ安く買われていった。

覚三はアーネストの問いに、首を傾げた。

「美は美です。ナショナリティは関係ない……と、思いますよ」

本音とも建て前ともつかぬ言葉を口にして、ははは、と笑う。

覚三の言葉に、アーネストは不意に自らが囚われていた「移民の子」としての自我を揺さぶられたように思えた。

それから暫く、他愛のない話をしながら、広い美術館の中を歩いた。パリでは何を食べたのか。これから何処《どこ》へ旅をするのか。最近、注目しているアーティストはいるのか。

いずれも、本当に話したいことではなかったが、久しぶりの師弟でのひと時は、懐かしい時間を思い出させた。

ふと、覚三が足を止めた。

「見て下さい。『モナ・リザ』です」

そこには、ルネサンス時代の名作と言われるレオナルド・ダ・ビンチの「モナ・リザ」の絵があった。

この絵もまた、不可思議な微笑みと呼ばれる。謎の微笑に魅せられ、大勢がそれについて議論している。

「以前、ここに来たことがあったね」

丁度、二度目に夢殿を訪ねる少し前。二人は共にルーブル美術館を訪ねたことがあった。その時も、並んでモナ・リザを見ていたのだ。

「先生は、救世観音菩薩の微笑みは、或いはモナ・リザに似ているかもしれないとおっしゃった」

そんなこともあったな、と思い出す。

「改めて見ると、まるで違うな」

こうして改めて「モナ・リザ」を前にすると、やはり救世観音菩薩像の笑みとは違う。これはこれで魅惑的であるが、観音菩薩像に感じた圧倒的な赦しは、ここにはないのだ。

「あの時はまだ、救世観音菩薩の笑みのことも、モナ・リザのことも、何もかもがよく分かっていなかったのかもしれない」

「今は、どう思われますか」

アーネストは暫《しば》し黙り、じっとモナ・リザの微笑みを見つめる。

「比べるものではない。ただ在る。似ているとか、優れているとか、論じることさえ馬鹿馬鹿しいね」

覚三は、なるほど、と笑った。

「私もそう思います。いずれのアートにせよ、それ単体で見ては不完全だ。見る者の中でこそ完成するのかもしれないと、思っているのです」

してみると、アーネストが見た救世観音像の美しさは、アーネストの中でだけ完成される。そしてそれは誰にも冒すことのできないものなのだろう。

「それはいい……」

覚三の言葉はひどく胸に響いた。

あの頃の師弟は、いつしかこうして隣に並ぶようになった。それほどに、歳月は流れて行ったのだ。

「君と共に古寺を回った日々が懐かしい。私はあの日々に帰りたいと思う時があるよ」

覚三は、驚いたように目を見開き、次いで微笑んだ。

「それは光栄です。私も楽しかった」

しかし覚三は、過去に帰りたいとは思っていないのだと分かった。

覚三は懐中時計に目を落とした。

「ああ、いけない。私はそろそろ行かなければ。先生はいつまでこちらに」

「あと二日ほどは。近く妻とドイツに行くよ」

「妻……ああ、ご側室ですか」

ソクシツという言葉が、日本では「第二夫人」といった意味を持つことを思い出す。覚三にとって、メアリはそういう認識であったのかと思った。

「また、日本へいらっしゃいますか」

「そのつもりだよ」

すると覚三は、微笑みと共に手を差し出した。

「では、いずれまた日本でお会いしましょう」

ボストンでは会わない。会えない。それが今の二人の立場でもある。

「ああ、君も元気で」

アーネストは覚三の手を握り返した。

互いに、宿を聞くこともせず、パリでの食事の約束もしない。

遠ざかって行くかつての教え子の背を見送り、アーネストは再び、「モナ・リザ」と向き合う。

「美は美か」

覚三らしい。

アーネストはゆっくりと足を進める。人気の少ない美術館の中で、靴音が響く。

また日本に行こう。あの楽土は変わらず私を待っていてくれるはずだ……


それから三か月の後。

アーネストはロンドンの大英博物館にて倒れ、そのまま息を引き取った。五十五歳であった。ロンドンの墓地に埋葬されたのだが、メアリらの尽力により、遺骨となったアーネストはシベリア鉄道を経て、日本に送られた。

そして、生前の希望の通り、彼の求めた楽土、三井寺法明院《ほうみょういん》で静かな眠りについた。

混沌の逃避

法隆寺の境内で見上げた空はよく晴れていた。意気揚々と歩く岡倉覚三《おかくらかくぞう》は、五重塔を見上げて大きく息を吸い込み、後ろに続く異人を振り返る。

これから、あの人たちを驚かせてやろう。

そんな企みを胸に秘めつつ、声を掛ける。

「先生、どうですか」

先生ことアーネスト・フェノロサは、傍《かたわ》らの五重塔を見上げて、ああ、と嘆息した。

「美しいね」

その言葉に覚三は満悦であった。

明治十七年、夏。

文部省御用掛《ごようがかり》となった二十二歳の岡倉覚三は、御雇《おやとい》外国人で東京大学の教師であるアーネスト・フェノロサと、アメリカ人大富豪のウィリアム・ビゲローと共に法隆寺を訪ねていた。この面々とここを訪ねるのは二度目となる。

「それにしても、君の英語は実に流暢《りゅうちょう》だ。他の日本人とはまるで違う」

ビゲローに褒められるのは何度目か分からない。覚三は、軽い口調で、

「Thanks」

と答えた。

覚三にとって、英語が話せるのは何も特別なことではない。何せ、七つの時から話しているのだ。

覚三は、開港間もない横浜で生まれた。父は福井藩士であったが、算盤《そろばん》上手ということもあって、藩の命で横浜において貿易商を営んでいた。不慣れなことも多い暮らしの中、取り分け苦労したのが英語である。

「これからは英語が肝要だ」

父はそう言って、幼い息子に米国人宣教師から英語を習わせた。おかげで覚三は、十にならぬうちから訪ねてくる異人相手にも、流暢に言葉を紡《つむ》ぐ。異人たちは英語を話す日本人の子どもを面白がって、あれやこれやと話しかけるので、気づけば異人の子らとも何ら不自由なく話せるようになってしまった。

日本語の読み書きと、英語の読み書きは、覚三にとってさほど大きな違いがない。大学に入学してから、周囲の学生はもちろん、教師たちですら英語に四苦八苦しているのを見て、

「ああ、そんなものなのか」

と、初めて知った。

図抜けて語学が堪能なのを買われ、学生時代から御雇外国人たちの通訳として重宝されてきたため、他の学生たちの誰よりも、欧米列強の最先端の技術や政治情勢にも詳しくなり、洋風の食事や文化にも付き合うことが多かった。

「英語が話せるだけで、岡倉一人がいい思いをしている」

学生たちからは、嫉妬交じりの嫌味を言われたことはあるが、さほど気にしたことはない。「話せるだけ」というならば、彼らもやればいいだけのこと。そう思っていたからだ。

覚三は、言葉だけが得手なわけではない。

いつも、彼らが求めているものを叶えるために尽力もしている。古美術で欲しいものがあると言えば、九州や陸奥《むつ》にも出向く。貴重なものならば、華族や神社にも交渉をしてきた。

その覚三にとって心残りとなっていた一つが、法隆寺であった。

前回、訪れた二年前のこと。

「夢殿《ゆめどの》の中にあるという秘仏を見てみたい」

フェノロサが言った。覚三は、彼の望みを叶えるべく寺を訪ねて交渉をしたのだが、寺僧は頑《がん》として受け入れなかった。

「秘仏でございますので、ご勘弁を」

柔らかい口ぶりと所作ではあったが、決して譲らぬ強い意志を感じた。

「……ならば仕方ありませんね」

フェノロサはそれで引き下がったのだが、覚三としては悔しかった。見せたい、と、強く思った。

覚三は、物心ついた時から異国との交流の中に生きて来た。そこでしばしば感じていたことは、欧米列強からやって来る人々からの侮蔑《ぶべつ》の眼差しだ。

「日本はまだまだ文明国とは言えない」

「野蛮な国だね」

「見たかい。家なんぞ、紙と木で出来ている」

こちらが言葉が分からないと思い、嘲笑《あざわら》うような口ぶりで話しているのを幾度聞いたか知れない。

覚三は異国を見たことがない。だが、自らの国を馬鹿にされれば、子どもだとて腹は立つ。

「何も知らないくせに」

英語で言い返して、驚かれたこともある。すると大仰《おおぎよう》なほどに英語ができることを褒められた。褒められれば嬉しいが、口惜しさは燻《くすぶ》っていた。

その想いを払拭《ふっしょく》してくれたのが、フェノロサとビゲローであった。学者として尊敬するフェノロサとは、共に日本の古社寺を巡っては、様々な仏像や絵画を見て回った。そして彼は日本の文化を愛していた。

「素晴らしい。ここには日本のＩＤＥＡがある」

覚三はフェノロサの語る「ＩＤＥＡ」という言葉の意味を探り、「妙想《みょうそう》」と訳した。仏像の、絵画の、建築の、美しさの核となるもの。手放しで日本の美術を称えるフェノロサの言葉は、覚三にとって、失いつつあった自国への誇りを取り戻させてくれた。

そして、ビゲローもまた、日本の美術をこよなく愛した。ビゲローが金に糸目をつけずに美術品を買う様を見た異人たちは、それにつられて日本の美術を高く評価するようになっていく。

覚三も共に過ごすことで、また日本の美術が好きになっていた。だからこそ、覚三はこの二人にもっと良いもの、素晴らしいものを見せたいと願って来た。中でも夢殿の秘仏、救世《ぐぜ》観音像は格別だ。

「こんなにも長い間、秘されるほどに尊いものであるならば、これを見せてこそ日本の文化の凄みを示すことが出来る」

そう思っていた。

覚三は、二度目の法隆寺来訪を決めた時から、「是非見たい」という願いを、切々と文《ふみ》に認《したた》めていた。はじめのうちは「ご勘弁を」という返事が届いていたのだ。

しかし昨夜のこと。奈良の覚三の宿に、住職である千早定朝《ちはやじようちよう》から報せが届いていた。

「秘仏を御覧頂けるやもしれません」

何とも曖昧な表現であった。住職が「開ける」と判断したというよりも、それ以外の何かの力で「開くこともあるかも」というような意味合いにも取れた。

「仏像が勝手に厨子《ずし》から出てくるわけでもあるまいし」

覚三は苦笑した。

覚三はさほど、宗教というものに深い信心はない。幼い頃には英語の教師である米国人から聖書についての話は一通り聞いていた。その後、寺に預けられていたこともあるので、経典を読み、儒学を習った。神社ではお祓《はら》いもすれば、祭見物にも出かける。

どれか一つの宗教を深く信心するというよりも、いずれも何かしらの信じるに足るところはあり、尊ぶべきものであるとの意識はある。しかし、いわゆる「奇跡」のようなものについては期待をしていなかった。

夢殿の傍《そば》まで来ると、若い寺僧が三人、覚三たちを見つけると、深く頭を下げる。

「間もなく、住職が参ります」

その言葉に、後ろに続いていたフェノロサが驚きの声を上げた。

「もしかして、秘仏を見せてもらえるのですか」

覚三は断言を避け、

「Maybe」

と言った。

そこへ、袈裟を纏《まと》った定朝が姿を見せた。芳しい香を漂わせる静穏な彼の表情からは、何も読み取ることはできない。無言のままに住職は夢殿の前に進む。そして、傍らに付き従う若い僧たちを見やる。

「お前たちは、下がりなさい」

若い僧たちは住職に命じられ、戸惑いながらもその場を立ち去った。定朝は改めて覚三らに向き直る。

「この秘仏は、扉を開けると、地が揺れ、雷が落ち、災いを為すと言われております。拙僧は既に十分に生きましたが、若い者には大事を取らせていただきます」

覚三は一応、フェノロサらにも訳す。フェノロサもビゲローも、それを「迷信」と思ったらしい。

「構わないよ。開けてくれと伝えてくれ」

すると、定朝は合掌して、夢殿へと足を進めた。夢殿の中に入ると、吊された灯明を灯してから、ゆっくりと居並ぶ覚三らを眺めやり、改めて厨子に向き直る。

黒塗りの厨子の前に香を焚き、定朝は経を唱え始めた。そして、ゆっくりと厨子の扉に手を掛けて開く。

灯明が放つ微かな光が、中の仏を照らし出す。顔にところどころ残る金が、光を跳ね返して煌《きら》めいた。

大きいなあ……と思った。

高い所に置かれた厨子の中に、六尺はあろうか。覚三の視線はまず、その足元にあった。ゆっくりとつま先から撫でるように視線を上へと向けて行く。しなやかな指先や、胸元の飾りなど、細部に至るまでこだわりを感じる。衣のゆらめく様も彫られている。

口元は、微笑みを象《かたど》っている。

そしてその目を見た。

黒く彩《いろど》られたそれは、空《くう》を見るように表情がない。

覚三は、何とも不思議な顔だ、と思いつつ、じっとその目を見つめていた。その時ふと、脳裏に真っ黒い墨を垂らしたような景色の向こうから、ある光景が蘇る。

床に横たわり、苦悶の表情で息絶えた母の姿である。

覚三が八歳の時、母は妹の蝶子《ちようこ》の出産と共に命を落とした。覚三は死に目には会えず、亡骸《なきがら》となった母と対面したのだ。

枕辺に座り、忘我したようにその光景を眺めていた。父は慟哭《どうこく》し、赤子は産婆の腕で泣いていた。涙は出なかった。悲しくなかったからではない。受け止め切れないまま、次第に視界が真っ暗になるような感覚があった。

その混沌とした闇から逃れるように視線を外すと、年の離れた異母姉の蒼白の横顔があった。そして、更に視線を遠くへ向けると、縁の外には青い空が広がり、悠然と飛び去って行く鳥がいた。

ああ……いいなあ……

陶酔にも似た心地で、鳥の軌跡を眺めていた。

「Amazing」

不意の声に、覚三は我に返る。

そして自らが、法隆寺夢殿の秘仏を前にしているというのに、やや目を逸らして、連子窓の外の緑を見ていることに気付いて視線を転じる。声の主はビゲローであった。

覚三は己の内に湧きおこった混沌とした闇を振り払うように、勢いをつけてビゲローに向き直る。

「いかがですか」

覚三の問いかけに、ビゲローは感嘆した様子である。

「これは美しいね」

そう言って拍手をした。審美眼を持つコレクターであるビゲローがここまで喜んでいるのだ。良かった、と思った。

次いで覚三はフェノロサに視線を向けた。彼は、覚三と同じようにただ茫然と秘仏を見上げている。

「先生、いかがですか」

フェノロサは、覚三の言葉に弾かれたように顔を向け、ああ、と頷いた。

「アルカイックスマイルに似ている」

聞きなれぬ言葉に、覚三は思わず身を乗り出す。

「アルカイックスマイル……何ですかそれは」

「二千年以上も前にギリシアで作られた彫刻にある微笑です。素晴らしい。これは、国の宝……東洋の、世界の宝です」

フェノロサの眼差しに、憧憬が込められているのが見えた。

「古代ギリシア……」

思っても見なかった遠い時代、遠い国の話が出て来たことに驚いた。

覚三はもう一度、秘仏に向き直る。

千年以上前の仏師が、時の帝の摂政であった聖徳太子に似せて彫り上げたという。秘仏とされていた厨子の扉を我々が開けたのだ。しかと目に焼き付けよう。

そう思う。しかし視線が、しなやかな指先から先へ行かない。

もう、あの目を見たくない。己の内の混沌を呼び覚まされそうで怖いのだ。

覚三は闇を払うように視線を逸らし、フェノロサを見た。

「この扉を開けたら、まさか古代ギリシアに繋がっているなんて。思いもしませんでした」

そう。むしろこの仏そのものよりも、もっと遠く。この仏像が辿って来た歴史の足跡の方へ目を向けた方がいい。

今はただ、混沌から逃げよう。

早く扉を閉め、夢殿を出たい。

そんな感情に襲われるとは、思っても見なかった。

○

覚三は、鏡の前に立ち、自らの身なりを確かめる。黒羽二重の五つ紋付。袴を整えると、背後にまで気を配る。扇を腰に差すと、

「よし」

と気合を入れて、外へ出る。

明治二十年、ワシントンの夏。二十五歳の覚三が歩くと、道行く人は民族衣装を纏ったアジア人に好奇の目を向けて来る。以前であれば耐えることができなかったかもしれない。しかし今、覚三はこの装いに何の迷いもなかった。

昨年、覚三は政府からの要請を受け、ヨーロッパの視察旅行に出かけた。

「遂に、海の向こうへ」

覚三はフェノロサと共に意気揚々と船に乗った。

幼い頃から憧れていた欧米列強をこの目に見る日が来たのだ。着慣れぬ洋装でタラップを降り立った覚三は、石造りの町、ワインにチーズ、異国の音楽に酔い痴れながら、フラ

ンス、イタリア、イスパニア、ドイツ、オーストリア、イギリス……と、日本が憧れてやまない国々を見て回った。

「素晴らしいですね」

覚三はフェノロサに言う。しかし、そう言いつつも何処《どこ》かでがっかりしてもいた。

確かに、ミケランジェロの彫刻の精緻さは圧倒的であり、今しも動き出しそうな躍動感に溢れていた。ティントレットの絵画の前に立てば、自らも聖書の一場面に入り込んだかのような臨場感があった。肌の質感、髪の一筋に至るまで、まさに手を伸ばして触れたくなるほどだ。

美しいと思う。技術も素晴らしい。

かつての覚三であれば、もっと感動をしただろうと思う。憧れてやまない西洋列強の力強い彫刻や、町の壮大さに魅了され、このままを持ち帰りたいと強く願ったかもしれない。

だが、覚三の中にはあの秘仏の姿があった。

胸の奥にざわめきを呼び起こす、夢殿の救世観音像。思い出す度に深い混沌を呼び覚ます。

それを忘れさせるほどの、圧倒的な美を、覚三は探し求めていた。

「ここにはない」

絵画も、建築も、音楽も、彫刻も。あの混沌をかき消すほどの美しさがないのだ。

今、日本では洋画を学ぼうとする者が増えている。必死になって慣れない油絵具を使い、西洋画の真似をしている。

「あれは所詮、写生だ、猿真似だ」

覚三は思う。目で見たままを描くことに終始している。

「技術を学ぶのは結構だ。しかし、絵というのはそれだけではあるまい。君らのＩＤＥＡは、妙想は何処にある」

フェノロサの受け売りを、洋画家たちに問いかけたこともあった。時には舌戦《ぜっせん》となり、互いに批判の応酬となった。

だが今、こうして実際に西洋画を見て思うのだ。

「何も殊更に、憧れることはない」

欧米列強は、日本を文明国ではないと侮蔑してきた。どれほど先進的で優れた文化芸術があるのかと思った。確かに西洋には、美しいものがたくさんある。だが、技術においても、美しさにおいても、日本が劣っているとは到底思えないのだ。

そうして訪れたフランスで、ある絵画を見つけた。

「これは……何ですか」

ふと目が留まったのは、新進画家のモネの作品であった。華やかな赤い着物を纏った金髪の西洋人女性が、扇を手に踊っている。その着物の裾には、武者の刺繡が施されているのだ。

「彼は今、ジャポニスムに傾倒しているそうだ」

フェノロサが言う。

「ジャポニスム、ですか」

「日本の美術が、新たに欧米に流出している。浮世絵や花鳥画、美人画などの作品を見た欧米の画家たちは、その感性に新鮮な刺激を受けて、新しい表現を模索しているんだ」

覚三は高揚するのを感じた。

これまで、フェノロサやビゲローをはじめ、来日した外国人たちが日本の美術品を買うのに付き合って来た。旺盛な収集欲は単なる好奇心に過ぎないのかと思っていた。彼らが日本の美術を褒めるのも、世辞かと思ったこともあった。

知らぬ間に覚三もまた、どこかで欧米列強に対して卑屈な想いを抱いていたのかもしれない。

だが、フランスの才能あふれる画家たちが、日本の美術から学ぼうとしている。その事実を知ったことは大きかった。

「日本は、日本だ」

覚三にとって、大きな発見であった。

徒《いたずら》に迎合《げいごう》しようと足掻くことはない。それよりも、今ある日本の美術を発信することこそが肝要なのではあるまいか。本来ある技術を伸ばしていくことが、文化政策の核であるべきなのだ。

覚三は、欧州を出て米国に渡る船中で、一つの決意を固めた。

「似合わぬ洋装を着るのは、最早やめよう」

米国に着いた時から、覚三は背広を着ることをやめ、着物で歩くようにした。

この日も、覚三はワシントンにある日本公使館で開かれる夜会に出かけることになっていた。礼服で来るようにとの報せを、全権公使である九鬼隆一《くきりゅういち》から受け取っていた。

「無礼のないように」

覚三は五つ紋付を選んだ。

公使館に入ると、ホールへ続く廊下には、日本の名だたる絵師による掛け軸が掛けられている。それを米国人たちが眺めながら進んでいくようになっていた。九鬼隆一は、日本の絵画を米国のコレクターたちに売ることも考えているらしい。もしも関心を持つ人がいたのなら、絵の解説をするのも覚三の役目であろうと思いながら、廊下を進んでいく。

ホールの中には大勢の客人があった。いずれも米国の要人や富豪たち。夫人も同伴されており、華やかな音楽が流れていた。その中央には、燕尾服を着こなした、凛々《りり》しい佇まいの九鬼隆一の姿があった。

「九鬼さん」

覚三は九鬼の元に歩み寄る。すると九鬼は、覚三を見てぎょっとしたように目を見開いた。グラスを置いてすぐさま傍らに駆け寄る。

「君は、何という格好をしているんだ」

「本日は正式な席と伺っていますので、五つ紋付です」

「今日の来賓を見ろ。米国の名だたる方々をお招きしているのに、民族衣装で出迎えるとは……郷に入っては郷に従え。私が公使として築いて来たものをふいにするつもりか」

苛立った口調で言い募る。

「いえ、そうではないのです。私はむしろ、日本は日本であると伝えることこそ肝要かと」

「ああもういい」

九鬼は覚三の言葉を断ち切った。

「今日は大人しくしていてくれ。通訳が必要なら、対応してくれ」

お前の役目はそれだけだ、と言わんばかりの様子で、覚三の元を離れる。覚三は、やれやれ、と、肩を竦《すく》める。

こうしてみると、男ぶりのいい九鬼なぞは、燕尾服を着ても様になるものだ。しかし、覚三はどうにもあれが似合った例《ためし》がない。どこか仮装をしているような心地になるのだ。

「合っていないのだろうな……」

身が合わないというのもあるが、心が合わないというのもある。己に嘘をついている気がして、それが一番、嫌なのだ。

そんなことを想い巡らせつつ廊下に出ると、ホールに近い小さな部屋に人影を見つけた。中を覗くと、カウチに腰かけた女性の姿を見つけた。

「夫人」

そこには、九鬼隆一の妻、波津子《はつこ》がいた。

「ああ、岡倉さん。いらしていたのですね」

波津子はゆったりした淡い色のドレスを着て、カウチに腰かけていたのだが、覚三の姿を見て立ち上がろうとした。

「そのままで」

覚三はそう言って部屋に足を踏み入れた。そしてカウチに歩み寄り、波津子の傍らに跪《ひざまず》いた。

「お久しぶりです。御達者でしたか」

九鬼一家が渡米する前に、東京の家を訪ねて以来である。

その時は、絵師の狩野芳崖《かのうほうがい》らも一緒だった。狩野芳崖は、言わずと知れた江戸幕府のお抱え絵師である狩野派の流れをくむ当代一の絵師である。しかし、昨今の洋画の流れの中で、一時は己の絵に迷いを覚えていたようだ。しかしその芳崖は、九鬼邸で波津子を見て、唐突に、

「貴女にモデルになって欲しい」

と懇願したのだ。波津子は当初、戸惑っていたが、九鬼が「なって差し上げなさい」と背を押した。それから芳崖は、送別会をそっちのけで何時間も素描を繰り返し、帰る頃には画帳が波津子の絵でいっぱいになっていたほどだ。

「芳崖先生は、おかげで新しい絵が描けそうだとおっしゃっていました。帰国したらまたお会いしたいと」

「まあ……私で御役に立てたのでしょうか」

ふふふ、と伏し目がちに笑う。元は花柳界にいたという波津子は、小さな所作の中にも、舞を舞うような色気と艶があった。その美しい顔を見ていた覚三はふと、違和感を覚えた。波津子は元より色の白い人であったのだが、こうして見ると血の気が薄く、青ざめているようだ。

「御具合が悪いのですか」

「いえ……今、身重なのです」

波津子はそっと己の腹部に手を当てた。

「それはおめでとうございます」

「ええ……皆さまが集まられるので、公使夫人として挨拶をするように、九鬼に言われているのですが……」

ホールに行く手前で足が止まってしまったらしい。

「皆さん、社交に忙しい。終わりごろに顔を見せても良いでしょう」

すると、波津子はゆっくりと手を伸ばして、覚三の着物に触れた。

「紋付でいらしたのですね」

「ええ。そうするべきだと思ったのです」

「まあ……何故でしょう」

波津子は小さく首を傾げる。

「先だって、欧州を回って来たのです。彫刻や絵画、建築の数々を見て、どれほど感動することが待っているかと思っていたのですが……」

「違ったのですか」

「むしろ、改めて日本の素晴らしさを知った気がします。何せ、あちらの方々の間では今、ジャポニスムが流行しているのです」

覚三は、フランスの新進画家たちが描いたジャポニスムの絵画や芸術について熱弁をふるう。波津子はその話を真剣に聞いて、しみじみと嘆息した。

「では、欧州の方々は、日本から学ぶのですか」

「そうなのですよ。それを知って私は確信したのです。我が国は、決して劣ってはいない」

覚三は胸を張る。

石造りの荘厳な教会や、ガス灯の灯《とも》る街並みの美しさには、圧倒される。何気なく通りを曲がったところに聳《そび》えたつ偉人の石像を見上げて驚くこともある。

その点、日本はまだ土の道が続き、小さな木造の家々が立ち並んでいる。欧州視察をしてきた政府要人たちが、分かりやすい力強さに恐れおののき、大慌てで町の整備を始めたのは分からなくない。

しかし、今の日本の有様は、過剰に迎合しようとしていて、むしろ卑屈なのではあるまいか。

それが覚三が欧州視察で得た実感であった。

「だから私は、米国に降り立つ時から着物を着ることにしたのです。欧州の人々が、あれほどに強固な自信を持って自らの文化を語るのは、それが圧倒的に美しいからではない。それを美しいと信じているからだ」

美しさという点において、覚三にしてみればボッティチェリの描くビーナスと、歌麿の美人画との間には、差がない。しかし日本の人々はビーナスの美に己の感性を合わせようと無理をしている。

「己の心の琴線に触れるものを疑っていたのでは、やがて全てを見失うことになる……そんな怖さを感じたのです」

覚三はまだ己の中でまとまることのない思いを、訥々《とつとつ》と目の前の波津子に語る。波津子が黙って耳を傾けてくれるのが嬉しかったのだが、ふと熱く語っていた己に気付いて、覚三は頭を掻いた。

「そうした思いをお話しする前に、この格好で宴席にお邪魔してしまいまして。九鬼さんに叱られました」

「まあ……あの人はいつも、私のことも叱るのです。一緒ですね」

「夫人の何をお叱りになるのですか」

波津子はやや目を伏せる。

「米国のご婦人のように、胸を張り、歯を見せて笑い、堂々と振る舞うようにと言われます。でも、私にはそれができない。挨拶くらいしか話すことができず、皆様の輪に入れない。九鬼に叱られるのが怖いので、手を動かすのも、足を踏み出すのも、どうすれば良いのかと……」

波津子の言葉を聞きながら、覚三はそこに日本の今の有り様を見たように思えた。

列強に認められたい。そう思えばこそ、これまで美徳としていたことを否定し、卑屈になる。堂々としようとして、借り物の洋装を纏い、描いたことのない絵を描き、暮らしづらい形の建物を建て、町を整えていく。

「堂々となさるのは良いことです。しかしそのために、夫人の信じることを曲げることはありません」

覚三は微笑みながら、波津子の手を取った。波津子は戸惑いながらも覚三に引かれるままに、カウチからゆっくりと立ち上がる。

「私の信じること……とは何でしょう」

覚三は佇む波津子の姿を、少し離れて眺める。

「貴女は美しい方です」

飾らぬ言葉に、波津子はやや目を見開く。覚三は波津子の様子を気に留めず、さながら彫刻でも愛でるようにしみじみと見やる。

「無論、その御顔や御姿そのものの美しさもあるでしょう。しかしそれ以上に、今日ここに至るまでの全てを、その佇《たたず》まいの中に宿しておられるからこその美しさです。それを覆い隠せば、貴女の美しさは伝わらない。御身を信じて、ゆっくりと優雅にただ、佇んでいらっしゃればいい。それだけできっと、来賓の皆さまは、貴女の元に参じ、手の甲に接吻《せっぷん》をすることでしょう」

波津子は、戸惑いと羞恥で頬を赤らめる。覚三は波津子の手を取り、再び公使館のホールへと戻った。戸惑いがちに足を踏み出す波津子に、黙って頷いて見せると、波津子は背筋を伸ばし、優雅な足取りでホールの中ほどへ進んだ。

恐らく、これまで米国人たちから、「所詮は東洋人」と、侮蔑的な目を向けられたこともあるだろう。だが今、波津子がただ歩いているだけの姿に、ホールにいた人々の視線が吸い寄せられるように向いて行くのを見た。

覚三は何故かそれが誇らしく思えた。

肌の色、鼻の高さ、目の大きさ、手足の長さ……西洋人の女性との美の競演に、そんな物差しを用いる者が日本にもいる。しかし、それらは恐らく意味などないのだ。

凛《りん》として歩き出した波津子の姿に、己の心を重ねる。覚三はその姿を見つめるうちに、少しずつ迷いが晴れ、心が高揚していくのを感じていた。

○

房総、鴨川の夜の浜辺を浴衣姿で一人歩く。

明治三十一年、春。覚三は三十六歳になっていた。あの秘仏の扉を開いてから、実に十四年の歳月が流れていた。

どうしてこんなことになったのだろう……

寄せては返す波の音が、次第に思考の渦を巻く。闇の中で白い波濤《はとう》だけが浮かび上がっては消えていく。足元の砂をかき分けながらずるり、ずるりと足を運び、ついにその場に座り込んだ。

じっと座っていると、宵闇に己が溶けだして、形すらも失ってしまうような気がする。

混沌だ。

秘仏の眼差しの前で感じた深い混沌が、これまでとは違う恐ろしさを伴い、己を飲み込もうとしているように感じた。

覚三はこの時、およそ全ての職を失っていた。

欧州の視察から戻った覚三は、日本の美術に絶対の自信を持っていた。

「日本は日本としての美術を追求する。それこそが文明国のあるべき姿である」

覚三は切々と語った。

はじめのうちは迷いもあった。しかし、政府の上層部を説き伏せるべく、繰り返し語るうち、己の言葉に酔うように、自説はより強固なものになっていった。

自信に満ち満ちた覚三の言葉に、政府は遂に国費を投じて美術のための学校を立ち上げることを決めた。

「東京美術学校」である。

文部省の上司でもある九鬼隆一の協力もあり、計画は順調に進み、覚三は二十八歳の若さで新しい学校の校長となった。

「共に、多くの芸術家を育てていこう」

覚三の声に賛同し、多くの絵師や彫刻家たちが教師として名を連ねた。かつては大名家の御用絵師であった流れをくむ者や、仏師、はたまた町の職人といった者まで、覚三自らの審美眼で選び抜いたのだ。

「美術学校ならではの感性を磨くためにも、新たな制服を作ろうじゃないか」

覚三は吟味を重ね、奈良時代の朝服《ちょうふく》のような制服を作り上げた。教師たちは海老色で、生徒たちは黒。袍《ほう》に冠までついて、さながら芝居の衣裳のようである。覚三は楽しくて仕方なく、自慢の制服を着て愛馬に跨《また》がり、町中を闊《かっ》歩《ぽ》して学校に通った。一方、生徒や教師たちは、なかなかそれを着ようとしない。やがて、

「気恥ずかしくて町中では着ることができない」

「学校内に置いておいて、授業が始まる前に着ればいい」

と言う声が聞こえて来た。

かくして町中では、覚三ただ一人が制服を愛用しているという状態である。

「折角、日本ならではの文化を表したのに……」

やや残念ではあるものの、深刻にとらえてはいなかった。

生徒たちは、覚三よりも年上の者やほぼ同世代で図抜けた才能の持ち主も大勢いた。

「これは、凄い画家たちがそろったものだ」

教師であった橋本雅邦《はしもとがほう》は、一期生の横山大観《よこやまたいかん》の絵を見た時に、しみじみと言った。他にも、彫刻科の指導に当たった高村光雲《たかむらこううん》は、元は仏師としての修業を積んでいたこともあり、何気ない生き物の姿の中にも深い意味が込められている。いずれも、覚三にとって正に、「心が震える」美しさであった。

「これだ」

日本の美を、ここから世界に堂々と発信していく。どこかの真似ではない。媚《こ》びるのでもない。真の芸術家がここにいるという確信があった。

こうして足場を固めた覚三が次に求めたのは、広い世界への探求心だった。

日本の美術の根源を辿ると、やはり大陸を見ないわけにはいかない。あの夢殿の救世観音菩薩像も、はるか大陸から技術を受け継いでいるのだ。

「清に行きたい」

それが覚三の目下の願いであった。

しかし、設立間もない学校を留守にすることに、周囲は懸念を示した。だが、覚三は衝動に従いたかった。

「橋本さんに任せれば大丈夫だ」

画家としても高名であり、独自の審美眼を持つ橋本雅邦を、覚三は絶対的に信頼していた。他の教員も、大半を覚三が選んでいる。覚三が留守をしたところで何の問題もないと思っていたのだ。

そして、釜山《プサン》、仁川《インチョン》と朝鮮半島を巡った後に清国へ入った。当時の清は治安が悪く、公使館からも「危険だ」と再三言われていた。しかし、覚三は譲らない。

「たとえ死んでも、見るべきものを見たい」

そうして北京《ペキン》から西安《シーアン》までの長旅に挑んだのだ。

西安は、古代中国の都として栄えた地である。道中には、かつての繁栄の名残と共に、石仏の姿も見えた。

そして、玄奘三蔵《げんじょうさんぞう》がインドから持ち帰った経典を収めた大雁塔《だいがんとう》があった。ここで訳された経典が、やがて海を渡り、奈良へと伝わったのだ。

「正に清国の遺跡は、日本と呼応している」

欧州を巡った時には得られなかった、日本の美術の広がりを感じることができたのだ。

覚三が清国との繋がりを感じる一方、世情はその逆を歩んでいた。清国から帰国して一年足らず、日本は清国に宣戦布告。日清戦争が勃発《ぼっぱつ》したのだ。

覚三は戦の勝敗よりも、貴重な遺跡が損なわれることが気がかりだった。

「戦なんぞ、野蛮なことを……」

しかし、国内の熱狂は違った。

「清国との戦いに勝ったことで、欧米列強は我が国のことを、遂に文明国として認めるようになった」

新聞各紙はそう書いた。そして、海外から届いた新聞にも同じような言葉が並ぶ。戦争を非難するどころか、賞賛をするような論調である。

覚三が欧米列強に負けたくないと思っていたのは文化においてである。戦に勝ったことを褒められたところで嬉しくもない。

そんな怒りを抱えた覚三は、美術学校で心を揺さぶる絵に出会った。

それは、二期生の菱田春草《ひしだしゅんそう》の作品である。時代は中世か、一人の黒髪の女が、幼い子を抱えて怯えた顔をしている。視線の先は描かれていないが、そこに恐ろしいものがあることが見えてくるようだ。傍らには主のない甲冑《かっちゅう》があり、夫が戦で死んだことを思わせた。

題は「寡婦と孤児」。

「素晴らしい」

絵の技術もさることながら、女の表情からは、深い悲しみと、戦への恐れと怒りまでも感じ取ることができる。「戦は、こうした寡婦や孤児を生むものだ」という怒りにも似た情熱を、菱田春草がこの絵に込めたことが分かった。

教頭である橋本雅邦も、絶賛をした。しかし、唯一人、この絵を酷評した者がいた。

「化け物絵である」

そう言ったのは、図案科の福地《ふくち》復一《ふくいち》であった。

「こんなものを高く評価したなどと言えば、東京美術学校の名を下げることになります」

覚三には福地の言うことが分からない。春草の絵には心を揺さぶるものがあり、技術においても最高峰。低く評価する理由が見当たらないのだ。すると橋本雅邦は唾棄《だき》するように言った。

「福地さんは、菱田君の絵が日清戦争を批難し、政府を批判しているから、酷評するのです」

覚三は驚いた。

「美術に身を捧ぐ者が、政府の顔色を窺うとは……」

美術を至高の価値とする覚悟がなければ、国際社会の中での日本美術など、すぐに廃れてしまう。政治や社会の顔色を窺い始めたら、画家も彫刻家も自由に作品を創ることができない。それこそが国の危機だと覚三は思った。

「福地君とは話をしなくては」

あの絵を見ても、ただの綺麗な絵だと感じる者もいるだろう。しかし、福地はそこから強烈な反戦の意を汲み取るほどに審美眼に優れている。折角の眼を、美術の評価ではなく、世間の反応に向けてしまっているのでは、本末転倒だ。

「今回は、菱田君に学位を与え、無事に卒業させることにしたよ」

覚三は福地に改めて告げた。福地は、苛立った様子で覚三に詰め寄った。

「先生は分かっていらっしゃらない。今、文部省では、かつてのように九鬼さんに力がない。その状況で、美術学校に勝手が許されると思うのですか」

当時、九鬼は派閥抗争に敗れ、政府の中での力を失っている。覚三もそのことは知っていたが、それとこれとは関係ない。文部省がどうあろうと、東京美術学校は開校から六年で、多くの優れた芸術家たちを生み出して来た実績もある。顔色を窺う必要など端《はな》からないのだ。

「政治のことがどうあれ、それを芸術への評価に繋げるのは違う」

覚三の想いは変わらない。しかし、福地も譲らない。学校内でも度々、口論を繰り返していた。その有様を見た教頭、橋本は、福地の言い分に眉を寄せる。

「彼は、岡倉さんに可愛がられているという自負もあったのでしょう。貴方が清に行っている間に増長していたのです。私たちが苦言をすると、岡倉さんに頼まれたのだと、他の教員たちのことを黙らせてきた。それが貴方に面目を潰されたと、憤っているのでしょう」

確かに、留守を頼むとは言った。それは、芸術家たちを守って欲しいという意味であったはずだった。

「福地君には、少し学校を離れてもらった方がいいのかもしれない」

そうしなければ、美術学校が内部分裂を起こしかねないと覚三は思い始めていた。

すると、間もなくして美術学校の周囲で怪文書が出回ったのだ。

「岡倉覚三ナルモノハ一種奇怪ナル精神遺伝病ヲ有シ……人ノ妻女ヲ強姦シ甚ダシキハ其

ノ継母ニ通ジテ己レガ実父ヲ疎外シ……」

そしてこれを流したのが、福地であるということが分かった。新聞社や学校、関係各所に一斉に広まった文書の影響は、決して小さなものではなかった。

橋本雅邦も、怪文書を目にしたという。

「全くもって事実無根……ではありませんね」

橋本の確かめるような口ぶりに、覚三は絶句するしかなかった。幾ばくかの真実があるからこそ恐ろしい。

「人ノ妻女ヲ強姦シ」とあるが、強姦をした覚えはない。しかし、人の妻と関係を持ったことは事実である。相手は、九鬼隆一の妻、波津子であった。

波津子はこの時、覚三と道ならぬ関係にあった。米国からの帰路を共に過ごし、それ以後も事あるごとに顔を合わせていたのだが、いつしか波津子の方が覚三に夢中になった。遂には、九鬼の四男である周造《しゅうぞう》を連れて家を出て、覚三の近所に引っ越している。再三にわたる夫の呼びかけに応えず、家に戻らない。

しかし波津子と九鬼は離縁しておらず、覚三も妻と別れていない。世間から見れば甚だ「不実な」関係であった。

そして、もう一つ、書かれていたこと。

「甚ダシキハ其ノ継母ニ通ジテ己レガ実父ヲ疎外シ」というのは、話が違う。

己の継母に通じたことなどない。しかし、異母姉の娘、つまり姪と通じたことはあった。

六つ年下の貞《さだ》は、当時二十五歳で、覚三の子を身籠った。覚三は妻、基子《もとこ》にはこの関係を内緒にしたまま、生まれた子は養子に出した。その直後、貞が自殺未遂を起こしてしまったのだ。以来、姉からは貞に会うことを禁じられている。

己は精神を病んでいる……と言われればその通りかもしれないと、覚三自身も思うこともある。

そんな弱気に付け込むように、怪文書は更に続く。

「このような者に、新時代の美術を任せていいはずがない」

世間もこれに賛同した。とりわけ、恩ある上司であるはずの九鬼の妻との密通は、非難の的となったのだ。

「事実とあれば、さすがに岡倉君に校長を続けさせることはできないし、博物館の理事の座も預けられない」

文部大臣である西園寺公望《さいおんじきんもち》や、洋画家の黒田清輝《くろだせいき》らの声も集まり、遂に覚三は要職の全てを失うこととなった。

さすがに意気消沈していた覚三であったが、間もなくして教授の橋本雅邦や、講師となっていた菱田春草ら三十四人が、「岡倉さんがいない美術学校に未練はない」と、一斉に辞表を提出した。

驚いた美術学校側は、講師らを説得。それでも講師らは覚三に味方した。その様を見た新聞各紙では、「岡倉の方が、文部省のお歴々よりも人望があるのではないか」といった論調も出始めた。

このままでは、覚三を罰した文部省が悪者になりかねない。慌てた文部省は最終手段に出た。

「教師を辞めるのならば位記を返上しろ」

国立学校の教師としての「位記」を返上することは、天皇に仕えるべき官職の地位を捨てること。つまりは「国賊」との誹《そし》りを受けかねない。結果として十七人の教員は翻意した。

それでも尚、十七人は覚三と命運を共にすることを選んだ。

橋本雅邦もその一人だ。

「私は芸術に身を捧げているのであって、国などという不確かなものに捧げているのではない」

還暦を越えていた橋本は、「徳川幕府の瓦解」を目の当たりにした世代である。彼にとって、「国」はうつろいやすい物であり、信奉するに足るものではない。己の美意識こそが信奉するものだ。だからこそ余計に、福地が政府の顔色を慮《おもんぱか》って、菱田春草の絵を酷評したことが許せなかった。そんな橋本が覚三の味方をしてくれるのは有難いと思った。

しかしその一方で、まだ三十代の横山大観や二十代の菱田春草までもが覚三の味方をすることには、嬉しさもあるが、不安もあった。これから先が長い彼らが、覚三のために不遇の身に置かれてはならないと思った。

「若い画家がこのまま世間から弾かれてはいけない。何とかせねばならぬ。新しい美術の結社を作らねば」

そう思ったが、政府の力も借りることが出来ぬ今、金がなければならない。

「金がない」

なんという虚しい呟きであろうか。

我が身が招いた不遇とはいえ、目の前に真っ直ぐ伸びていたはずの道が、不意に真っ黒い闇に塗りつぶされたような気がした。

暗闇が訪れたら……遠くへ行くしかない。

いつもの如く覚三は、己を取り巻く混沌から逃げることを選んだ。

とはいえ、金のない今、欧米にも清にも行くことができない。


そうして今、鴨川の海辺に座り込んで、茫洋とした暗い海をじっと眺めている。

すると、ふと波の音に混じって小さな声が聞こえた気がした。

「……なた……」

ふと見ると、真っ暗な浜に、ゆらゆらと丸い光が浮いている。さながら人魂の如くだ……とりとめもなく考えていると、次第にそれはこちらに向かって来た。

「あなた」

声がはっきりと聞こえ、提灯を持つ人の姿が灯りにほんのりと浮かび上がった。

「……基子」

妻の基子は、ほうっと深く吐息する。

「こんな夜更けに、宿からいなくならないで下さい」

言いながら、覚三を立ち上がらせようとする。覚三は逆に基子の手を引き、隣に座らせた。

「……暫くここに、一緒にいてくれないか」

基子がどんな顔をしているのかは見えない。しかし、抗うことはせずに、ただ黙って隣に座った。暗闇の中、微かに触れる肩先だけが熱を持ち、ここに「居る」という感覚がある。

「旅に行こうと言ったのは、貴方ですよ。高麗子《こまこ》も一雄も寝ているのに……」

「うん、すまない」

覚三はこの小さな逃避行に、妻である基子と二人の子を伴った。

怪文書に書かれていた件について、基子は既に知っていた。波津子とは数年前に顔を合わせてひと悶着しているし、貞のことも覚三が白状している。しかし、夫婦の間の亀裂は決して小さなものではなかった。

だが、怪文書によって事態を知った写真師、小川一眞《おがわかずまさ》が、「ともかく夫婦の仲を修復しなさい」と、覚三と基子の双方を説得したのだ。

覚三は、波津子のことも好きだし、貞のことも好きだ。しかし同時に、基子のことは妻

だと思っている。だから正直なところ、

「波津子さんと縁を切って下さいませ」

と、基子に言われた時には、困り果てた。

「私と波津子さんは相思相愛だから……」

すると基子は膝から崩れ落ちて、涙を流した。何をそんなに泣くことがあるのか……覚三が戸惑っていると基子は言った。

「ならば私と離縁して下さい」

「いや、基子は私の妻だから」

二人は覚三が十七歳、基子が十三歳の時からの仲だ。両親が決めた縁とはいえ、互いに思い合って夫婦になったと覚三は思っている。時には大喧嘩をし、覚三が出て行くこともあったし、基子が覚三の論文を燃やしたこともある。それでも二人の子に恵まれ、何とかやって来たと、覚三は思っていた。

基子もまた、それでも「離縁を」と詰め寄ることはなかった。ふらふらした覚三と、覚三を断ち切れない基子は、付かず離れずの五年余りを過ごしている。

そこへ今回の怪文書騒動が起きた。これで愈々《いよいよ》、基子とも別れることになるかもしれないと、覚三は思っていた。しかし、家を出ていた基子は、これを機に覚三の所に戻って来たのだ。

覚三は、まっ暗い海から視線を転じ、隣に座る基子を見やる。

「どうして帰って来てくれたんだ」

単純にその理由が知りたかった。すると基子は、しばしの沈黙の後に口を開いた。

「貴方には罰が下ればいいと思っていましたけれど、ここまでを望んでいたわけではありません。これで私が見捨てたのでは、余りに哀れなので」

相変わらずの仏頂面から察するに、怒りは解けていないのだろう。

しかし、それでも構わない。職を失い、周囲の支えも信頼もなくした覚三にとって、基子は唯一、縋《すが》る相手であった。こうして、暗闇の中で砂浜に共に座っていてくれる基子がいることが、覚三にとってどれほど心強いことか……

「すまない。ありがとう」

覚三は基子に繰り返す。

「貴方は昨今、事あるごとにすまないとおっしゃるけど、何をすまないと思っていらっしゃるの」

基子の問いかけに、覚三は暫《しば》し黙ってから首を傾げた。

「……何が悪かったのか、実は今もよく分かっていない」

それが覚三の本音である。

「ただ、求め合うまま手を取り合っただけなのに……」

何故他人が、世間が、これほどまでに大騒ぎするのか。覚三はそれほどの大事をしでかしたとは、今も尚、思っていないのだ。

すると傍らの基子は深く吐息して、肩から力が抜けたように覚三に寄りかかる。

「私は今、九鬼さんのお気持ちが少し分かります」

「……九鬼さんのことが、何故」

「私はずっと、波津子さんが貴方の元へ駆け込んで、それなのに九鬼さんと貴方が今も交友を続けている理由が分からなかった。でも今は分かります」

そして、暗がりの中で目を凝らすように覚三を見つめる。その目は光を帯びて輝いているように見え、覚三が真っ直ぐに見返すと、基子は苦笑する。

「怒るだけ無駄なのだと気付いたのでしょうね。赦《ゆる》したというよりも、呆れたのです」

随分な言われようだとも思うのだが、否定することもできない。確かに、九鬼は覚三のことを詰《なじ》ることもせず、静かなままだ。それは誇り高い九鬼だからこそでもあろうが、基子の言うように、呆れられているのかもしれない。

すると基子は更に続けた。

「貞さんのことだってそう」

貞のことは、基子には隠してきたつもりだったが、以前から感づいていたらしい。そして基子は、自殺を図り辛うじて一命をとりとめた貞の元に詫びと見舞いに出向いた。しかし、義姉からは「会わずに帰って欲しい」と言われ、平身低頭して引き返したという。

「貞さんが、自害を試みた理由も、貴方はまるで分からない」

「君には分かるのかい」

貞とのことも、無理強いをした覚えはない。

貞の面差しが、母が死んだあの日に見た異母姉に似ていることに気付いた時、ふと、心が揺れた。貞もまた、覚三のことを慕い、共に居たいと言ってくれた。なのに、我が子を生んで間もなく、自ら命を絶とうとした。そのことに覚三自身も衝撃を受け、混乱した。

「貞さんは苦しかったのです。世間の目も、叔父である貴方との関係に怒るお母様も……そうした苦しみを貴方と共有できないことも……」

基子は言いながら、そっと覚三の背に手を当てた。その手は、口ぶりとは異なり、優しく温かい。

「福地さんも、同じかもしれません」

今回の一連の騒動の発端であった福地復一は、覚三の家にしばしば訪れていて、基子とも顔を合わせており、一雄《かずお》や高麗子も、福地のおじさんと言って懐《なつ》いていた。それほど親しかったのだ。

「福地君の何が、九鬼さんや貞と同じなんだ」

「貴方と、向き合いたかったのかもしれません」

「散々、向き合って、話し合って来た。それなのに、どうして……」

裏切られ、傷ついているのに、何故、基子は福地の肩を持つのか。

そう思うと苛立ちを覚えた。

しかし、基子は覚三の背を撫でていた手を止めて、覚三の手を握った。その手は優しく温かい。覚三は初めて基子に触れたような心地がした。こんなにも柔らかい手の人であったか、と、しみじみと手を眺めている。すると基子の声が優しく続いた。

「貴方はきっと、貴方に分かって欲しいという周りの人の心など分からない。貴方はいつも、貴方の心の中にしか関心がないのですから。そして、すぐに逃げて遠くに行ってしまう……そんな時は、私のことも忘れてしまうのでしょうね」

覚三にとって、それは仕方のないことだと思う。今、基子は隣にいるが、姿が見えなくなれば忘れてしまうこともある。そして、隣にいたとしても、違うことに心が囚われれば、その想いに従うことしか、覚三は考えられない。

「でも今は、ここにいる」

そう。今はここにいるから、基子と話をしているのだ。すると基子は深く吐息した。

「そうですね。仕方ない……そう言う人なんです、貴方は。だから、私はずっと変わらず、貴方の基《もとい》でおりましょう。貴方に何かを期待したり、求めたりすることさえ諦めれば、きっとこれまでと変わらずにいられることでしょう」

言葉の端々には、ともすれば刃《やいば》ともとれる厳しさはある。しかし、覚三にとっては、この手の温かさが全ての真実であると思えた。そのことが、思わず涙が零《こぼ》れそうになるほど嬉しくて、力強く握り返し、真っ直ぐに海を見つめた。

闇の中、基子の体温と共に己の鼓動を感じた。ド、ド、ドと高鳴る音が己をこの現《うつつ》に留めている。さもなくば、この身ごと天に溶けだしていけるのに……と思う。

「何だか、鼓動が五月蠅《うるさ》いようだ」

「誰も同じじゃありませんか」

基子の言葉を聞き流し、覚三は己の胸の音に耳を澄ましている。この心音と天とを繋げてしまえたら、楽になれるのではあるまいか……とりとめもない思考が渦を巻く。

「号を改めようか……そう、天心と」

唐突に思い立ったことを口にすると、基子はやや呆れたように肩を竦めた。

「よろしいんじゃありませんか。貴方ほら、胸元に天という字に似た傷があるとかおっしゃっていたし」

覚三は、ああ、と思い出して目を見開き、一人で深く頷く。基子はやれやれ、と言った調子で吐息する。

「全く、貴方はいつも何を考えているのか分からない。これからも幾度、この海の向こうへと行ってしまうのかしら」

基子が海の向こうを差した指先が、暗闇に白く浮かび上がる。指さす先を辿るように、覚三は視線を投げる。

次の瞬間、覚三の中に鮮やかな色彩と共に海の向こう、米国での景色が蘇った。

「そうだ」

覚三は思わず声を張り上げた。

「どうしました」

「ミスタ・ビゲローが、私に言ったんだ。君が新しく何かを始めるのなら、力を貸したいと……」

そうだ。いつだって、混沌から逃げるには、遠くを見たらいい。そして今も、遠い海の向こうを見れば、闇を払う光は見える。

覚三は弾かれたように立ち上がる。

「帰ろう、東京へ」

言うや否や、駆けだす。手を繋がれたままの基子は一緒に駆け出すが、やがてその手はほどけた。

「待ってください」

基子の声は覚三には届かない。覚三の目にはいつも、己の内の混沌と、そこから逃げる道筋だけがはっきりと見えている。

「日本が私を認めてくれないのなら、海の向こうに頼めばいい。それがいい」

歓喜のままに夜の砂浜を一人駆けていた。

○

川沿いの密林を突き進みながら、覚三は額に浮かぶ汗をただただ拭いながら足を運ぶ。

インド、デカン高原の北西部。

明治三十五年、二月のことである。

「間もなくです」

そう言ったのは、年若いインド人の青年である。名をニランジャンという。インドの高名な宗教学者、ヴィヴェカーナンダの弟子で、この旅で案内を務めていた。

汗を拭いながら歩みを進めていくと、やがて密林の向こうに、幾つもの穴の開いた石壁が見えた。自然の洞窟のようでもあるが、その穴に柱があることから、人の手が加えられていることが分かる。

「ここが、アジャンタ」

断崖には大小三十もの石窟が掘られ、壮大な景観の中に溶け込んでいる。覚三は思わず息を呑み、その場に佇んでいた。

覚三は人生において何度目かの逃避行の途上にあった。

何から逃げたのか、と問われたら、「何もかもから」と答えるだろう。だが、直近の理由を問われたのなら、美術院と美術学校の狭間《はざま》に挟まれたことにあったのかもしれない。


この旅に出る前のこと、上野公園を訪れた覚三は、夕暮れ時を、足早に歩いていた。

「岡倉さんじゃありませんか」

声を掛けて来たのは、黒田清輝であった。

フランスに留学して印象派を学び、洋画家として名を馳せ、国内で洋画の技術を教えてきた第一人者である。そして、覚三が東京美術学校を追われた後に校長となっていた。

「ああ、黒田さん」

覚三は、画家としての黒田のことを高く評価している。しかし、洋画を推奨する黒田と、日本画を重視する覚三は事あるごとに対立して来た。余り好ましい間柄とは言い難い。

「先だっての横山大観氏の作品は素晴らしかったですね」

黒田から切り出された言葉に、覚三は、

「そう思われますか」

と、思わず声が上ずった。

東京美術学校を追われた覚三は、新たに芸術家たちの結社「日本美術院」を立ち上げた。そこで横山大観が発表した「木蘭」と、菱田春草の「雲中放鶴」は、「これぞ日本画の傑作である」と覚三は確信していた。

その作品は墨の濃淡だけで、輪郭線をなくし、霞むような墨の暈《ぼか》しによって表現された風景である。大気の中の水までも表現しているようで、印象派の影響もあるが真似ではなく、旧来の水墨画とも一線を画す。

しかし、その評価は賛否が分かれた。

「霞んでいて何を描いてあるのか分からん」

「朦朧《もうろう》としているなあ。これは朦朧体か」

ぼんやりとした人を嘲《あざ》笑う言葉として流行していた「朦朧」という言葉で、大観の絵を殊更《ことさら》に揶揄した。

「黒田さんのように、分かる方には分かるのです。それを、朦朧体などと……」

覚三は怒りを露《あら》わにした。すると、その言葉を聞いた黒田は苦笑した。

「しかし、この作品を酷評する人の気持ちも分からなくはない」

「貴方も横山さんや菱田さんの絵を批判なさるのか」

「いいえ、彼らではない。むしろ貴方ですよ、岡倉さん」

そして、冷めた眼差しを覚三に向けた。

「貴方とて、洋画は所詮、写生に過ぎないと、これまで散々批判したではないですか。その言葉によって潰された画家もいた。そのことを想えば、少しばかり朦朧体などと言われたからといって、貴方が落ち込むのは甚だおかしい」

美術学校を立ち上げた頃、覚三は「洋画なぞは写生だ、猿真似だ」と否定してきた。筆を折る画家もいたし、日本画に転向する者もあった。それでも尚、黒田は洋画の普及に取り組み、優れた画家たちを育てて来た。その黒田にしてみれば、覚三の存在はさぞや疎《うと》ましかったことであろう。

「岡倉さんは自らを美の殉教者の如くに思っているかもしれない。しかし、貴方の美だけが絶対だと言うのは、傲慢です」

黒田の言い分は至極、尤《もっと》もに思われた。そして黒田は改めて覚三に向き直る。

「日本画についてもそうです。貴方が日本画の定義や美意識を独占していいはずがない。

貴方が真にこの国の美術を思うのであれば、美術院の画家たちを、東京美術学校に戻して下さい。学びたい学生がいるのです」

「……しかし……」

確かに美術院には、覚三と共に美術学校を去った日本画家たちがいる。文部省からも、学校に戻るように要請があった。しかし、覚三から「戻れ」とは言い難い。以前、「将来の日本画家を育てるには、美術学校に戻すべきではないか」と言って、橋本雅邦からは、「変節なさるのか」と叱られたこともある。

間に挟まれた覚三は、逡巡《しゅんじゅん》していた。

黙り込む覚三を前に、黒田は首を傾げる。

「ではいっそ、貴方はこの問題を放り出してしまえばいい」

「……え」

「いいじゃありませんか。後は、我らに任せて逃げておしまいなさい」

覚三は今、正に逃げたいと思っていた。その気持ちを見透かされたようで、やや驚きを込めて黒田を見つめる。

覚三は余り揉め事が得意ではない……というよりも、実は揉め事の発端を自ら巻き起こしているのだが、その理由がよく分からず、収束の仕方が分からない。結果、姿を晦《くら》ませた方が、上手く片づいていくのだ。

図星を指されて絶句する覚三を見て、黒田は、ははははと笑う。

「貴方は外国語が堪能だから、世界の何処にでも行ける。揉め事がある度に、遠くへ、遠くへ逃げてしまう。折角の才を、そうして浪費するのが貴方らしい。それで次は何処へ逃げますか」

黙り込んでいる覚三に、黒田は手ごたえを感じないのか、呆れたように肩を竦めた。

「どうぞ、お気をつけて行ってらっしゃい。良い旅を」

軽く手を挙げて、美術学校の方へと歩き去っていく黒田の背を見送ったのだ。


「そうだ、逃げて来た」

アジャンタの洞窟を前にして、覚三は改めて思う。

黒田の言葉を聞いた時、覚三は「そうだ、そうしよう」と思った。しかし、黒田に言われたから旅に出ると、事の経緯を話したところ、妻の基子には、

「貴方にはおよそ、嫌味というものが通じないのでしょうね」

と、呆れ顔で言われた。

しかし、何が悪いのだ。心の向かう方へと進んでいくのは、芸術家の性《さが》であろう。それに、この旅は決して無駄にはしない。何せ金の工面に苦心したのだ。

まずは英国の出版社と東洋美術の書籍を出す契約を取り付け、前金を貰った。更に、日本の古社寺保存会からも、「必ず日本の古社寺の役に立つから」と、研究費を捻出させた。だからこそ、命を懸けても見るべきものを見る。その覚悟を持って、インドの奥地へと

足を進めて来たのだ。

旅の途上で立ち寄ったインドの都市、ボンベイは急速な近代化が進んでいるが、一方で奥地には、今なお未踏の地も多い。旅は困難を極めた。

案内役のニランジャンに手招かれて、岩場を登っていく。

「ここは、八十年ほど前に英国人が見つけたんですよ」

その頃、インド帝国は、イギリスとの同君連合……いわば実質的には植民地となっていた。アジャンタの石窟は、ある英国人の士官が藩王に誘われて狩りに出かけた時、大きな虎に襲われて逃げ込んだ先だったのだという。

「この石窟はいつ頃からあるのですか」

覚三の問いに、ニランジャンも首を傾げる。

「さあ……定かではありませんが、二千年ほど前ではないかと」

「二千年……」

あの秘仏よりも更に長い歳月、ひっそりと在ったということか。

覚三は導かれるままに石窟の中へと足を進めた。石窟は、自然をそのまま生かしたような形で彫られており、ぱっと見には人の手が入っているかどうか分からない。虎に追われて逃げ込んだ、という話もあるように、暗い石窟の中にも、虫や獣がいるようである。

「どうぞ」

ニランジャンは、手にしていたランタンに灯りを灯し、それを覚三に渡した。覚三はそっとランタンを掲げて辺りを照らした。その瞬間、覚三は息を呑んだ。

「……これは……」

剝落《はくらく》し、色褪せているが、石窟の壁一面に壁画が施されている。光を浴びてところどころ光を放つのは、ラピスラズリであろうか。宝玉を砕いてまで彩られるほど、尊ばれた場であったことが分かる。

描かれているのは、ブッダの一生であり、飛天の舞である。ゆっくりと手を伸ばし、壁に触れる。壁の表面についた砂が、さらさらと零れ落ちる。長い歳月が、ここに積み重なっているのだと痛感した。

そして、一つの壁に光を当てた瞬間、覚三は足を止めた。

照らし出されたのは、しなやかな肢体と、繊細な指先。その手には蓮華がある。菩薩の姿だ。

「……似ている」

あの法隆寺夢殿の秘仏を彷彿とさせた。

覚三はゆっくりとランタンを掲げる。光は次第にその姿を露わにする。同時にあの日の定朝の読経の声音が聞こえて来るようだ。

そして覚三は顔を上げて菩薩の顔を見た。

こちらを見下ろす静かな眼差しと目が合った瞬間、胸の奥底に潜む混沌が、じわりと広がるのを感じて、思わず目を伏せた。

「逃げて来たはずなのに……」

あの救世観音菩薩の眼差しに背を向けて、ひたすらに突き進んで来た。

しかし、その都度、彷徨《さまよ》うばかりだった。

美術学校を造っては追われ、女たちと恋をしては破れ、今また美術院と学校の間で揺れ、度々、胸の内の混沌に振り回された。

だからもっと遠くへ、遠くへ。欧州、アメリカ、朝鮮、清国、そしてインド……

「それなのに」

今、背を向けて来たはずのものに、真正面から向き合ってしまった。

早鐘《はやがね》のように打つ胸の鼓動を抑えつつ、ゆっくりと息を繰り返す。そのうち、己の中にあるざわめきが、ひどく滑稽なものに思えて、自嘲するように声を立てて笑った。

「なんだ……そういうことか」

最早、逃げることなど出来ないのだ。そう諦めに似た想いが広がった。

そして、自ら混沌の沼へと飛び込むように、ゆっくりと顔を上げ、ランタンの灯りに照らされた菩薩の姿を見上げた。

胸の奥のざわめきは、かつてと同じようにある。だが、それはあの夢殿の救世観音菩薩に遭《あ》った時よりも、静かで深い。そして、柔らかく包み込まれるような温かさも感じていた。

覚三はその場で膝を折った。

ただ無言でじっとその眼差しを見上げ、祈るように胸元に手を重ねる。
ド、ド、ド、と、鼓動の音が体を揺らす。だが、その振動さえも心地よい。
混沌は、あの菩薩像にあったのではない。元より己の内にあったのだ。ただそれから逃げようと彷徨っていたのだが、今ようやくそれを、受け入れることができたのだ。

「まるで、輪を巡って来たようだ」

千年を越えて現れた菩薩像に背を押され、己の内側から逃げるように彷徨って、今、遥か彼方の西方浄土で、己とただ一つになる。

美しさとは、畏《おそ》れとは……幾度となく問うて来たが、それはこんな風に、ただ胸の内に宿っているものなのかもしれない。

石窟の外は次第に夜の帳《とばり》が降りて来る。少しずつ広がる闇の中、覚三は静かに目を閉じ、自らが空に溶けていくような心地よさを覚えていた。

千年を繋《つな》ぐ

男の目の前には、開け放たれた黒い厨子《ずし》があり、そこからは白い布が、だらりと力なく垂れ下がっている。

明治五年、奈良、法隆寺。

夢殿に足を踏み入れた男は、三十五歳になる文部大丞《たいじょう》、町田《まちだ》久成《ひさなり》である。久成は、目の前の光景を前にして暫《しば》し、何が起きているのかが分からなかった。

厨子の前には膝を折り、泣き崩れている墨染の僧侶がおり、その傍らには居丈高に胸を張る背広姿の役人の姿がある。

「……どうした」

久成の問いかけに、胸を張っていた若い役人は眉を寄せる。

「いえ、この僧が厨子を開けることを拒んだのです」

「秘仏や」

僧は声を張り、顔を上げる。そして、目の前の役人と久成を見据えた。

「この夢殿の救世《ぐぜ》観音菩薩は、長らく秘仏として守られてきましたんや。それを……」

久成は厨子の中を見る。だがそれは、未だに布に包まれており、姿は見えていない。

久成は、国内の古物の保存のために行われる「壬申《じんしん》検査」を率いていた。この日は法隆寺の境内のあちこちで、役人たちが仏像や宝物の調査を行っていた。こうした揉め事は、珍しいことではない。

久成は一つ吐息して、若い部下の元に歩み寄る。部下は、僧の激情を前にして、苛立ちと戸惑いを見せていた。このままでは膠着《こうちゃく》してしまう。ともかく一旦、部下の背を軽く叩いて下がらせようとした。

その時、背後からふわりと香の香りがした。

「如何なさった」

それは、法隆寺総代、千早定朝《ちはやじょうちょう》であった。

定朝の目は蹲《うずくま》る若い僧から開け放たれた厨子へと移り、はっと息を呑んだのが分かった。そして、絶句したままの定朝の肩先からは、静かな怒気が立ち上るように見えた。

「参られましたか」

久成は努めて冷静に声を掛けたが、定朝はこちらを見ようとはしない。

総代までもが姿を見せるとは、これは愈々《いよいよ》、大事になって来たと、久成は腹に力を込めた。騒ぎを聞きつけた他の僧たちも、次々に夢殿の外に集まって来ているようで、言い争う声が聞こえて来る。

だが、ここで慌てて扉を閉めれば、調査は出来ない。こちらの非を認めては負けだ。飽くまで毅然とした態度で臨むほかはない。

久成はやや胸を張る。

「ただ、調査をしていたのですよ」

何を大袈裟に騒いでいるのだ、という思いを込めて言った。我ながら、怒りに火を注ぐような言いようであるとは思う。だが、退くことはできなかった。

定朝は厨子から目を外すことなく、ゆっくりと己を鎮めるように息を整えてから口を開いた。

「この夢殿の秘仏は扉を開けた者に仏罰が下ると長らく言い伝えられておりますものを」

若い僧のような激情ではない。しかし、落ち着いた声音の中に、抑えがたい怒りを秘めているのがひしひしと伝わる。

「このように軽々に開けられては、寺の者も心が乱れましょう」

嘆きを込めて、呟くように言う。

「ですが、厨子は開けねば中に何が入っているか分かりませんから」

久成はやや強気に言い放つ。しかし定朝は怯《ひる》む様子すらない。ただ表情を消したまま、じっと厨子をにらんでいる。久成は沈黙に耐えかねてやや強気に声を張る。

「今、扉を開けましたが、幸い地震もございません。これからこの布を取りますが、よろしいですね」

久成の問いかけに、定朝はただ、伏し目がちに手にしている数珠をじゃらりと鳴らして厨子の正面に立ち、そちらに一礼をした。

「さすれば、災いのないよう、せめても読経を致しましょう。

世尊妙相具　我今重問彼　仏子何因縁
名為観世音　具足妙相尊　偈答無尽意……」

その声は、狭い夢殿の中で重厚に響く。

僧たちは戸惑いながらも、住職に従うように、後ろに下がる。泣きながら外へ出る者、災いを恐れて遠ざかる者もあった。

だが、定朝はそうした動きを見ることもせず、ただ読経を続けている。

久成は、戸惑う役人に、

「開けなさい」

と、命じた。

役人たちは、定朝の読経を聞きながら前へ進み出る。さながら経によって調伏《ちょうぶく》される悪《あっ》鬼《き》にでもなったかのように、その動きは鈍い。先ほどまで強気で胸を張っていた役人も、定朝の放つ怒気ともつかぬ迫力に押され、恐る恐る手を伸ばした。

厨子から取り出されたのは、幾重にも布が巻きつけられている大きな塊である。黄ばんだ木綿と思しき布は、果たして何年前のものなのだろう。微かに香の残り香がする。ゆっくりと布を取り去って行くと、わずかな光を跳ね返す、にぶい金色が見えた。

ようやっと布が取り払われると、そこにはしなやかな肢体を持つ救世観音像が姿を見せた。

「これが……秘仏か」

久成は唸《うな》るように呟きながら、初め、己が何に驚いているのかよく分からなかった。その姿かたちは確かに優美で美しい。そして久成がその顔を見ると、真っ黒い虚空を見つめるような目が、こちらをじっと見返してくる。口角は上がっているが、それは微笑みには思えない。むしろ久成を責め苛んでいるように見える。

――誰だ、お前は
問いかける声が、己を揺さぶるほどの大きな音で響いたように感じられた。

そしてその音は、いつかの薩摩の前の浜で聞いた英国船の砲撃の音のようでもあり、禁門の変で放たれた大砲のようでもある。その音の前に、脆《もろ》い人形のように崩れて行った敵味方の姿が蘇る。そして、戦場の骸《むくろ》が脳裏を過《よぎ》る。

何故、その記憶が呼び起こされたのか。

脈動が速くなるのを感じ、目に涙が浮かびそうになるのを堪《こら》える。早く、役人たちに次の指示を出さねばならない。

ふと見ると定朝が、呆然と立ち尽くす久成を見ていた。その眼差しは、久成の中にある戸惑いや恐れを見透かしているように思え、思わず目を伏せる。

「……記録をし、今一度、厨子にお戻しします」

絞り出した声が微かに震える。

役人たちもまた、それぞれに目の前に現れた仏を見て茫然としていたのだが、久成の声に我に返ったように、はい、と答えた。自然、その手つきも慎重になる。先ほどまで、政府のお達しである壬申検査だからと、強気に振る舞っていたのが嘘のように、恐る恐る仏像に布を巻きなおす。

久成も思わずそれを手伝う。長身の仏像を丁寧に厨子の中へ戻すと、そこで定朝が歩み寄った。

「閉じさせて頂きます」

定朝の声に、知らず皆がその場を遠巻きにした。定朝は低く唸るように経文を唱えつつ、そっとその扉を閉じた。

ただ、仏像の入った黒い厨子の扉が閉まっただけなのだ。それなのに、先ほどまでこの狭い夢殿の中にあった言い知れぬ光とざわめきが、途端に止んだような奇妙な感覚があった。

開けてはならないものを開けたのだ。

だが……

「守るためです」

久成の声は掠《かす》れ、聞こえるか聞こえぬか分からぬほどの音にしかならない。どこか言い訳めいているようにも思える。定朝は何も言わず、久成の顔を見ぬまま会釈をすると、夢殿を出た。そして他の僧らを率いて、薄暮の境内を遠ざかっていく。久成はそれを見送ってから、暫くじっと、灯りの消えた夢殿の中、真っ黒い厨子の前に佇んでいた。

今、己は何を開いたのか。

禁忌とされた秘仏の扉を開いたと同時に、奥深くにしまい込んでいた己の内が、暴かれたような心地がした。


町田久成は、薩摩藩の家老の家に生まれた。

幼い時分から、藩主島津忠義の後見人である島津久光からは目を掛けられていた。江戸での遊学を終えた二十六歳の時には、大目付に取り立てられ、藩政に携わるようになった。

その年、薩英戦争が起こった。

事の発端は、生麦事件である。

島津久光の行列を邪魔したとして、横浜近くの生麦において、薩摩藩士が英国人を斬り殺した。怒り心頭の英国は、薩摩に対して砲撃を加えたのだ。

その戦において久成は本陣警護隊長として参戦した。薩摩藩は英国船からの攻撃によって砲台は大破し、戦死者も出た。英国もまた軍艦の大破や、艦長らが戦死。双方ともに痛手を負ったこの戦争の後、和睦《わぼく》交渉が行われた。

そしてその交渉を通じて島津久光は、英国を高く評価するようになった。

「英国はさすがに強い。かの国に渡り、その強さを学ぶべきだ」

かくして、敵として戦った英国に、その強さの理由を探るべく、久成に若い藩士らを率いて留学するように命じた。

英国に渡った久成は、その街並みの美しさや技術の発展に大いに驚いた。しかしそれ以上に胸を打たれたのは、大英博物館であった。

壮大な建物に一歩足を踏み入れると、そこには英国の歴史と文化、資源や産業に至る全てのことが、これでもかとばかりに展示されている。また、それを研究する学者たちがおり、その資料を調べることができる図書館まで併設されている。

この国の強さは、軍事力と経済力だけではない。この文化への絶大なる自信と誇りではあるまいか。

それが久成の実感であった。

しかし、二年の歳月を経て帰国した久成を待っていたのは、我が国の文物を捨て、列強のものを欲しがる日本の姿であった。

大政奉還、新政府樹立という新しい風が吹く中で、古くからの文化は軽視されるようになった。そこへ「神仏判然令」が下り、廃仏毀釈の嵐が吹き荒れた。久成の故郷である薩摩では、多くの寺が打ち壊される事態が巻き起こっていた。

開港されたばかりの横浜の港では、破却された仏像の欠片《かけら》や、古い寺から出たと思われる絵巻や経典、仏具や飾りなどが二束三文でたたき売られ、売れ残ったものが廃物の如く、港の片隅に討ち捨てられていた。

「これは……危ういのではないか」

英国の強さの源は、あの大英博物館の如く、文物と歴史を守る力にこそある。それを甚《はなは》だ軽視し、外枠だけを列強風に装うことに必死で、その根幹を叩き壊している今の風潮が、心底、恐ろしく思えて来た。

「日本にも文化を誇る場所が要ります」

久成は、自らに目を掛けてくれる大久保利通に懇願した。しかし、

「今は、英国での経験を活かして欲しい」

と、外務大丞としての役目を与えられた。

それもまた己の務めと思い、来日した英国王子の応接を担った。だが、その役目を終えた時、思いもかけない反発が襲って来た。

「相手は英国の第二王子。それに対して丁重過ぎた。軽んじられかねない」

その声は、久成の仕事に対するものというよりも、大久保利通への反発から起こった。

「難癖でしかない」

大久保もそう言ったし、周囲の者も久成を慰めた。しかし久成は最早、政争に巻き込ま

れることにうんざりしていた。

「国を一つにして異国に向き合うべき時に、身内で互いに足を引っ張り合う内紛など下らん」

それよりももっと、為すべきことがある。

久成は大久保利通に外務大丞を辞めたいと告げた。

「ともかく、私は日本に英国のような博物館を造りたい」

維新を為した薩長土肥の藩閥は、まだその政権が安定せず、その上、軍事、産業、経済に目を奪われ、文化行政が完全に留守になっていた。久成はそこにこそ、力を入れたいと望んだ。大久保利通にそう申し出たところ、快諾された。

「分かった。やってくれ」

それは、大久保が認めてくれたというよりも、久成が取り組もうとしていることが、勢力争いの嵐の外にあるからこそ、受け入れられたに過ぎない。それも重々分かっていた。

しかし、政争に疲れた久成にとって、それはいっそ好都合であった。

久成がまず取り組んだのは、文化財の保護である。

何せ今は、廃仏毀釈の名の下での民衆による破壊のみならず、困窮した寺の僧侶たちまでが、自らの寺の宝物を盗んで売るような事件も多発していた。

「新しいものを重用するのも結構。しかし、昔の制度文物を考証することを忘れては、国の根幹にかかわる。貴重な宝器珍什《ちんじゅう》の散逸や破壊を防ぎ、保護伝承しなければならない」

それに先駆けて、まずはそれらを国が音頭を取って確認調査し、集め、「集古館」を造ることが急務だと考えていた。

かくして、古い寺社仏閣を巡る「壬申検査」が始まったのだ。

検査の対象は、いかなる貴重な秘仏においても例外ではない。

例外ではないが……

久成は閉ざされた厨子の扉に、そっと手を伸ばす。

胸が痛むのは何故だろう。

これまで久成は、時代の旋風を巻き起こす人々の群れの中に身を置いて来た。時に争い、時に裏切り、勝ち残る。それこそが是と唱える声に、半ば頷き、半ば反発してきた。

信心とは縁遠い。自らの振り下ろした手で、砲弾は放たれ、人々は死んだ。それを罪業《ざいごう》などと思っていては、生きていけない。そこにあるのはただ「敵」だった。殺生を戒とするような信仰など、前進の邪魔であったのだ。

だからここにあるのは、文化財であり、国の宝でこそあれ、仏などという不確かなものではない……と、思っていたのだ。

だが、その不確かなはずのものに今、心惹かれ、縋《すが》りたいとさえ思っている。

「滑稽な……」

自らの内に湧きおこった想いに戸惑い、久成は夢殿を後にした。

○

上野公園の黒門口を入った町田久成は、ゆっくりと歩みを進めていく。この風景の全てを噛みしめるように、時折足を止めて道行く人を眺めていた。

明治二十二年、十一月。

壬申検査から実に十七年の歳月が過ぎていた。町田久成は、五十二歳。元老院議官である。

久成の前を、子どもを連れた夫婦が笑いながら通り過ぎていく。その先には動物園があった。にぎわいを後目《しりめ》に更に足を進めると、木々の向こうに壮麗な建物が聳《そび》えていた。

帝国博物館である。

英国人建築家、ジョサイア・コンドルの設計によって作られたそれは、さながら異国の城のように威風堂々とした佇まいである。

久成はその博物館をしばし見上げてから、ふと後ろを振り返る。

広大な上野恩賜公園を眺めながら、ふうっと深いため息をついた。

この博物館が完成したのは、今から七年前の明治十五年のこと。その直前まで、この地には上野戦争の名残があった。焼け崩れた寛永寺の残骸が散らばり、さながら江戸の怨嗟《えんさ》の残滓《ざんし》が漂うような場所だったのだ。

それが今、こうして人々が集う場に生まれ変わっている。そのことに喜びと共に、時代の移り変わりを痛感していた。

久成は、この博物館が完成した時、初代館長に就任した。今はその任を降りている。博物館の所管も、計画当初の文部省から内務省、農務省、そして今は宮内省に移り、その名も「帝国博物館」に改められた。

「帝国博物館……」

その名を口にして、久成はふと口元に笑みを浮かべる。そして、大きく一つ息をして石段を登って中へと足を踏み入れた。ひんやりとした空気が張り詰め、歩く度に革靴のかかとの音が、カーンカーンと館内に響いていた。

建物は二階建て。展示室三十室を持つ。

そこに並べられているのは、天産、農業、工芸、芸術、史伝……合わせて十万点以上にのぼる。整然と並べられたそれを、ゆっくりと眺めていた久成は、ふと一角で足を止めた。

天女が華麗に舞う灌頂幡《かんじょうばん》が吊るされていた。その傍らには、龍の首を持つ水瓶《すいびょう》がある。

いずれも時代を感じさせるくすんだ色で、しん、とそこに在る。

それらは全て、法隆寺から「献納」された品々であった。

壬申検査の後、久成は博物館設立に奔走していた。その最中にも、心の片隅に法隆寺のことが気になっていた。そんな時、ある役人の一人が世間話のように言った。

「法隆寺なんぞ、どれほどの歴史があるにせよ、既に廃寺の様相ですよ」

半ば嘲笑《あざわら》うように言った男は、何処《どこ》か媚びているようにも見えた。久成が神仏判然令を発した新政府の面々と近いと思ったのだろう。しかし、久成はその言葉が無性に腹立たしかった。

寺はかつて、江戸幕府との繋がりが強かった。それ故にこそ、その力を削ぐことは新政府の思惑でもあった。その為、法隆寺のような古刹でさえも廃寺のように零落《おちぶ》れていくのを、手柄顔で語る者も少なくない。

だが、久成はそれを喜ぶことなどできなかった。

それは久成の中に、あの夢殿の救世観音像の姿が厳然と立っているからだ。

千年以上の歳月を越えるものが、この国にどれだけあるというのだろう。そして、その幾つかが既に壊され、異国へ渡り、失われているのは明白である。

その時、大英博物館に納められたエジプトの神像のことを思う。あのように、我が国の宝もまた、列強の博物館に「戦利品」の如く収められてしまうのではないだろうか。その危機感がじわじわと胸に迫る。

どれほどの軍や金をもってしても購《あがな》うことのできないものを、守るにはどうするのか。寺が力を失いつつある今、それこそは国の役目ではないのか。

久成はあちこちでそう語ったが、政府のお歴々は興味を示すことすらない。

「法隆寺……ああ、奈良にあるらしい。それがどうした」

物を知らぬ輩《やから》め、戦しかしてこなかった連中め、と、怒りを覚えもした。だがかく言う己も、そこまで法隆寺を知っていたわけではない。怒るよりも前に、この連中に「法隆寺とは何か」を知らしめるしかない。

それにはあの、千早定朝に協力を仰ぐほかにない。

だが、久成は壬申検査の折にあの秘仏の扉を開いた。定朝にとっては、苦々しく思っていた相手であろう。或いは、定朝は久成のことを「新政府から来た役人」としか思っておらず、その名も確かに覚えていないかもしれない。

それならばいっそ、その方がいい。

ただ、己の今の想いを伝えなければならないと思い、手紙を認《したた》めた。

「法隆寺を復興したいというのは、住職だけの願いではなく、私の願いでもある。政府からの支援金を取り付けるには、法隆寺ここにありと、示すことが肝要。聖徳太子所縁《ゆかり》の宝物が献納されるとあれば、その歴史と重要性を政府も知ることとなり、支援をしやすくなる」

久成はそれを出す前に、ふと「私の」ではなく「我々、博物館の」と言うべきか、と何度か推敲した。そして定朝と近しい北畠治房《きたばたけはるふさ》に託した。

定朝はさぞや葛藤したことであろう。

しかし久成の提案を受け入れた。

天皇に聖徳太子所縁の品々を「献納」するという形をとり、その管理を博物館が担うことになったのだ。

静かに並ぶ法隆寺の献納物は、そこに在るだけで雄弁にその歴史を物語る。正に天皇の威信を示す「帝国博物館」に相応しい展示物の一角を占めていた。

それが果たして、法隆寺が望む形であったかは分からない。ただ、それによって法隆寺は苦境を脱したと聞いていた。

「町田さん」

声に振り返ると、そこには九鬼隆一がいた。

三十八歳になる九鬼は、宮内省の図書頭《ずしよのかみ》であり、今年、帝国博物館総長となった。

「いらっしゃるのなら、お声を掛けて下されば良かったのに。職員が御姿を見かけて、慌てて私の部屋にやって来ました」

「何も、大仰《おおぎよう》な……」

「博物館の初代館長、いわば父である方ですから」

「たった七か月だけだ」

久成は苦笑する。

博物館を造りたいと言ってから、どれほど奔走したか分からない。明治十五年にようやっと開館し、久成は館長になった。さあ、ここから更に大きく進展させていこうと考えていた矢先。

たった七か月で館長を罷免された。

その理由は、共に博物館の創設に携わった元幕臣、田中芳男《たなかよしお》との軋轢《あつれき》にあった。

久成は、この博物館の建設において、大英博物館のような文化と芸術の発信地を求めていた。

しかし田中芳男は違った。田中は、パリ万博に自らの昆虫標本を出展するほど、国内有数の博物学の権威である。フランスの自然史博物館のように、動物園、植物園を併設した施設を求めていた。

二人の意見は度々、対立していたのだが、それが決定的になったのは、動物園の建設を巡る意見の相違であった。久成は「博物館に相応しくない」と考え、上野公園内での建設を拒んだ。しかし田中は「必須である」と言い張った。久成は最終的には建築は認めたものの、予算を動物園に割かなかった。結果、田中は廃材などを用いて動物の小屋を建て、入場料で賄《まかな》うことになったのだ。

そうした軋轢もあり、田中は怒り心頭であったのだろう。

「そもそも、博物館の目的は殖産興業であったはず。しかし町田さんは文書古物の保存と芸術振興にばかり尽力している」

田中の訴えを聞き入れた農商務大輔、品川弥二郎《しながわやじろう》によって、久成はあっという間に博物館の館長の地位を追われたのだ。

博物館の父……時にそう呼ばれるが、およそ育てる機会を貰えぬままであった。

「今は君が父だろう」

久成は、傍らに立つ九鬼に問いかける。九鬼は、いや、と謙遜しつつ、目の前の法隆寺献納物を見た。

「この献納物、町田さんが、住職を説得なさったと聞いています」

「説得というには烏滸《おこ》がましいな」

ただ、妥協案を提示したに過ぎないように思う。そもそもあの千早定朝が、己の説得如きで動くようにも思えない。あの人なりの決断であったのだろう。

暫しの沈黙が流れ、つと九鬼は久成に向き直った。

「昨年、ミスタ・フェノロサたちと共に、私も法隆寺に行きました。そして……秘仏であった夢殿救世観音像の厨子を開きました」

「そうらしいね」

アーネスト・フェノロサがウィリアム・ビゲローや岡倉覚三《おかくらかくぞう》らと共に奈良を訪れた話は久成も新聞で読んでいた。彼は奈良の人々を前に、日本の文化の素晴らしさを説いたという。

そして、新聞記者らと共に法隆寺を訪れ、夢殿の救世観音菩薩の厨子を開いた。フェノロサやその場に居合わせた者たちは、口々に「その美しさに圧倒された」と言い、新聞記者たちもその言葉を取り上げた。

長らく開けることを禁じられていた扉を、西洋人が開き、秘仏を発見したことについて、「古い慣習を破った」開明的な物語として賛美していた。それを、久成は複雑な想いと共に読んでいた。

「しかし実はあの扉は既に開けられていた。開けたのは……町田さんですよね」

九鬼の言葉に久成はぐっと唇を引き結ぶ。

伏せていたわけではない。

壬申検査の内容を見れば、すぐに知れることである。しかし久成は敢えてそれを口外しようとしなかった。携わった役人たちも大っぴらに話そうとはしなかった。

何故か。

とりわけ久成が緘口令《かんこうれい》を布《し》いたわけではない。ただ言い知れぬ「畏《おそ》れ」や「罪の意識」のようなものが、あの厨子の前にいた者たちの中にあったからだろう。

「誇ることでもないだろう」

「まあ……そうですが、フェノロサ氏が初めて開けたかのようでした。それについては、異人に開けさせたことへの苦言もあります」

久成は、やや嘲《あざけ》りを込めて苦笑する。

「これまで散々、法隆寺を苦境に追いやった連中ほど、いざそこに宝があるとなると、我が物顔で異人に対して辛く当たる。おかしなものだ」

かつては、夷狄《いてき》を倒せと騒いでいた連中が、手のひらを返して西洋から流れ込んで来る文物ばかりを尊んで、国内のものを壊して来た。それが今度は、西洋人に褒められた途端に、古物の仏像を崇め、返す刀で西洋人を批判する。都合よく、ひらりひらりと態度を変える様に、つくづくうんざりした。

「西洋に認められねば大切にできないとは……いずれ、米を食らうことさえ、認めて欲しいとでも言うつもりかな」

吐息交じりに言うと、九鬼もまた自嘲するように微笑む。

「同じようなことを、岡倉君が。先だって米国の日本公使館に和装でやって来たので、私が叱ったのですが、日本人が日本の正装で振る舞うことに何の不都合があるかと、言い返されました」

「なるほど……彼らしい」

岡倉覚三とは、何度か顔を合わせたことがある。幕末に、戦陣にいた久成と、幼子であった岡倉は、時折、まるで世の中の見え方が違うと感じる。久成は列強に劣等感を覚える人々の心も分かる。しかし、岡倉のような新世代が、「日本は日本」と思ってくれることに、頼もしさも感じるのだ。

そして、フェノロサに対しても、久成は少なからず親近感を覚えていた。

「開けたのが、フェノロサ氏で良かったと、私は思いますよ。あの人は、今はすっかり仏教を信心して、先だっては私の別邸で戒を受けた」

戒を授けたのは、三井寺の阿闍梨《あじゃり》、桜井敬徳《さくらいけいとく》であった。

「私もフェノロサ氏から桜井敬徳師のお話は聞きましたよ。元々、町田さんとご昵懇《じっこん》だそうで」

九鬼の言葉に、久成は、ああ、と頷く。

久成は、博物館の館長の座を追われて間もない頃、四つ年上の三井寺の阿闍梨、桜井敬徳に出会った。

その頃の久成は、疲れ果てていた。

薩摩に生まれ、江戸に来て、戦に出て、英国に行き、政権の中枢近くに取り立てられて、放り出され……気づけば己も、装いを変え、日本語と英語を操りながら、政《まつりごと》の端にしがみついて、日々を過ごしている。

誰にも会いたくないと思いながら、旅に出た先で、三井寺に立ち寄った。そこで出会った桜井敬徳に、何故か己の胸中を縷々《るる》語ってしまった。

「変わらぬものが欲しい」

もう、振り回されることのない安寧が欲しかった。すると、桜井敬徳は、静かに首を横に振った。

「変わらぬものはありません。確かなものはありません」

穏やかな笑みと共に放たれた言葉を聞き、久成は思わず笑った。

可笑《おか》しくて、ならなかった。

頑《かたく》なに、変わるまいと思う己の胸中にこそ、苦悩の種があったのだと思った。

「では、その諦めを受け入れるにはどうしようか」

「さすれば、戒を受けられては」

敬徳の提案に、久成は躊躇《ちゅうちょ》があった。

信心深いわけではない。これまで戦で人を殺《あや》めもし、秘仏を暴き、僧たちを泣かせた。

訥々《とつとつ》とそのことを語ると、敬徳は静かに言った。

「その胸中のざわめきこそが、信心やもしれません」

その言葉は、不思議と腑に落ちた。そして久成は敬徳から戒を受けたのだ。

その話をフェノロサにしたことがあった。すると、フェノロサは、

「ぜひ、敬徳師にお会いしたい」

と、言った。フェノロサとその友人のビゲローは、敬徳に出会うと、瞬く間に彼に傾倒するようになった。遂には「戒を受けてみたい」と言い、二人は敬徳の手で受戒。仏教徒になることを選んだのだ。

だから、フェノロサが「秘仏の扉を開けた」と聞いた時、そこまでの抵抗はなかった。あの男の中には、久成が感じていたざわめきに似たものがあるのかもしれないと思ったからだ。むしろ、信心もなく「検査」として無粋に開いた己の方こそ、相応しくなかったのではないかとさえ思っていた。

「町田さん」

九鬼は、ぐっと一度息を飲み、改めて久成に向き直った。

「元老院をお辞めになると聞いております」

何処からどう話は漏れていくのか分からない。しかし既に、政界の中では、よく知られた話になっているのだろう。

「ああ、そうだね」

「しかも、出家なさると」

「そこまで知られているとは」

久成は苦笑する。

自ら望んで、世の柵《しがらみ》の全てを捨てることを決めたのだ。敬徳に剃髪《ていはつ》を頼んでおり、いずれは三井寺に入ろうと決めていた。

「九鬼さん、後は頼みますよ」

久成は九鬼の肩を叩く。九鬼は渋い顔をした。

「荷が重いですね」

くすんだ光を放つ献納物を眺めた久成は、暫し目を閉じ、誰にともなく祈るように手を合わせ、ゆっくりと口を開いた。

「この先の千年を、ここから始めなければならないのです。重くて当然ですよ」

「この先の千年……ですか」

九鬼が噛みしめるように反芻《はんすう》する言葉を聞いて、久成もまた確かめるように頷く。

「国が開かれ、厨子の扉が開かれた。流れ込んで来る人と文物の波の中で、かき消されることのない強さとは何か。これから先の千年、遺すために何を為すべきか。私はそれを考えながら足掻いて来た気がします。その全てを、ここに置いて、私は未練を断ち切りましょう」

久成は悪戯めいて笑って見せた。九鬼は眉を寄せる。

「わざとおっしゃっていますか」

「無論」

ははは、という笑声は、広い博物館の中で響き、久成は軽く手を挙げて踵《きびす》を返す。

「御達者で」

九鬼の声を背に受けつつ、ゆっくりと歩く。

展示された文物を眺めつつ外に出た久成は、再び、壮麗な博物館の外観を眺めた。

今を、黎明の時代と世は言う。文明の開化だと語り、それを異国にまで波及させようとしている。しかし、自らの為すことを「黎明」と称することは、ひどく無粋なことかもしれない。為した全ては、長い歳月を経て、全ての人の立ち去った後、それが「黎明」であったのか「混迷」であったのか分かるものではあるまいか。

あの日、厨子の扉を開けた。

それは果たして、正しかったのか。

その是非が分かるのは、己の墓が苔むして忘れ去られた後のこと。

千年経たねば分からない。

なんとまあ、果てしないことか。

久成はふと立ち止まり天を仰いだ。

祈る先は、神か仏か、或いは人か。

ただ自らの役目を終えたと信じ、久成は博物館に背を向け、夕日の照る上野公園を静かに歩いて行った。

《主要参考文献》

〈書籍〉

『博物館の誕生　町田久成と東京帝室博物館』関秀夫／岩波新書
『明治維新と宗教』羽賀祥二／法藏館文庫
『写真界の先覚　小川一眞の生涯』小澤清／日本図書刊行会
『帝国の写真師　小川一眞』岡塚章子／国書刊行会
『九鬼隆一の研究　隆一・波津子・周造』高橋眞司／未來社
『九鬼と天心　明治のドン・ジュアンたち』北康利／ＰＨＰ研究所
『三井寺に眠る　フェノロサとビゲロウの物語』山口靜一／宮帯出版社
『コスモポリタンの蓋棺録　フェノロサと二人の妻』平岡ひさよ／宮帯出版社
『日本美術史』岡倉天心／平凡社ライブラリー
『『日出新聞』記者金子静枝と明治の京都　明治二十一年古美術調査報道記事を中心に』竹居明男編著／芸艸堂
『近代法隆寺の祖　千早定朝管主の生涯』髙田良信ほか／法隆寺
『救世観音』小学館編／法隆寺
『岡倉天心をめぐる人びと』岡倉一雄／中央公論美術出版
『仏像と日本人』碧海寿広／中公新書
『廃仏毀釈　寺院・仏像破壊の真実』畑中章宏／ちくま新書
『仏教抹殺　なぜ明治維新は寺院を破壊したのか』鵜飼秀徳／文春新書

『神々の明治維新　神仏分離と廃仏毀釈』安丸良夫／岩波新書
『明治十四年の政変』久保田哲／インターナショナル新書
『国宝ロストワールド　写真家たちがとらえた文化財の記録』岡塚章子ほか／小学館
『流出した日本美術の至宝』中野明／筑摩選書
『日本博物館成立史　博覧会から博物館へ』椎名仙卓／雄山閣
『茶の本／日本の目覚め／東洋の理想』岡倉天心／ちくま学芸文庫
『岡倉天心物語』新井恵美子／神奈川新聞社
『お雇い外国人　明治日本の脇役たち』梅渓昇／講談社学術文庫
『福澤諭吉と近代美術』慶應義塾大学アート・センター編／慶應義塾大学アート・センター
『図録　明治のメディア王　小川一眞と写真製版』印刷博物館編／TOPPANホールディングス㈱印刷博物館
〈論文〉
臨時全国宝物取調局の活動とその影響 博物館とその周辺の動向から／三輪紫都香／お茶の水史学60
小川一真の「近畿宝物調査写真」について／岡塚章子／東京都写真美術館紀要No2
町田久成と三井寺法明院／福家俊彦／成安造形大学附属近江学研究所紀要第5号
英領インドにおける岡倉天心のブッダガヤ訪問について スワーミー・ヴィヴェーカーンダとラビンドラナート・タゴールとの交流から／外川昌彦／アジア・アフリカ言語文化研究92
九鬼隆一の「地方博物館設立ノ必要ナル理由」／山口卓也／阡陵83　ほか

初出誌「オール讀物」

光の在処　二〇二一年十二月号
矜持の行方　二〇二二年五月号
空の祈り　二〇二二年十二月号
楽土への道　二〇二三年五月号
混沌の逃避　二〇二三年十二月号
千年を繋ぐ　書き下ろし

装画：池上真紀
装丁：野中深雪

永井紗耶子（ながい・さやこ）
一九七七年生まれ、神奈川県出身。慶應義塾大学文学部卒業。新聞記者を経て、フリーライターとして雑誌などで活躍。二〇一〇年『絡繰り心中』で小学館文庫小説賞を受賞し、デビュー。『商う狼　江戸商人　杉本茂十郎』で二〇年に新田次郎文学賞を受賞する。二三年『木挽町のあだ討ち』で山本周五郎賞、直木賞を受賞。同年『大奥づとめ』で啓文堂書店時代小説文庫大賞を受賞した。ほかの著書に『女人入眼』『きらん風月』など。

秘仏《ひぶつ》の扉《とびら》
二〇二五年一月十日　第一刷発行

著　者　永井紗耶子《ながいさやこ》
発行者　花田朋子
発行所　株式会社 文藝春秋
〒一〇二―八〇〇八
東京都千代田区紀尾井町三―二三
電話 〇三・三二六五・一二一一（代表）
印刷所　TOPPANクロレ
製本所　若林製本
組　版　LUSH

万一、落丁・乱丁の場合は送料小社負担でお取替えいたします。小社製作部宛、お送りください。定価はカバーに表示してあります。

ISBN978-4-16-391931-7